TOP'ACTUEL

DROIT DES ASSURANCES 2021-22

Jean-François Carlot

hachette

Jean-François CARLOT docteur en Droit est avocat honoraire, chargé d'enseignements et médiateur inscrit près les CA d'Aix en Provence et de Lyon. Il tient le site **jurilis.fr** de documentation sur le droit des assurances.

Dans la même collection

- *Comptabilité 2021-2022*
- *Droit de l'immobilier 2021-2022*
- *Droit des sociétés 2021-2022*
- *Droit du travail 2021-2022*
- *Fiscalité 2021-2022*
- *Fiscalité du patrimoine 2021-2022*
- *La paye 2021-2022*
- *Micro-entrepreneur 2021-2022*
- *Plan comptable général 2021-2022*
  (Autorisé aux examens et concours)

Les informations et chiffres présentés dans cet ouvrage sont à jour au 30 décembre 2020.

Maquette intérieure : OPIXIDO
Couverture : Christelle Defretin
Réalisation : Cécile Rabataud
Édition : Adeline Pécout

www.parascolaire.hachette-education.com
ISBN : 978-2-01-714732-9

SOMMAIRE

FICHE 1 LA TECHNIQUE D'ASSURANCE

1 - L'ASSURANCE EST UNE TECHNIQUE

L'assurance est l'opération selon laquelle un assureur organise en **mutualité** une multitude d'assurés, exposés à la réalisation de risques déterminés, et indemnise ceux d'entre eux qui subissent un sinistre grâce à la masse commune des primes collectées.

Avec l'aide d'actuaires, l'assureur va utiliser des **méthodes mathématiques et statistiques**, basées sur le calcul de **probabilités**, pour sélectionner et homogénéiser les risques qu'il prend en charge, et ajuster le montant des primes entre les assurés.

L'assurance est une technique financière de **protection des patrimoines contre les risques de perte de toute nature**. Elle concerne soit les dommages aux biens ou les dettes de responsabilité, auquel cas elle a un caractère **indemnitaire**, soit ceux causés aux personnes, dont l'évaluation est en principe **forfaitaire**, mais indemnitaire lorsqu'elle est proportionnelle au dommage.

Elle peut mettre à la charge de l'assureur une **obligation de faire** : protection juridique, assistance… L'assurance-vie permet le versement d'un capital en cas de décès ou de survie de l'assuré.

Il s'agit souvent d'un produit commercialisé par les entreprises d'assurance, sous la forme d'un « package » de garanties, et c'est pourquoi on les assimile parfois à des **contrats d'adhésion**, notamment à l'égard des particuliers (Art. 1110, al. 2, C. civil).

C'est donc un moyen de couvrir les conséquences financières des risques qui ne peuvent être éliminées par les mesures de prévention habituelles.

Selon l'article 1108, al. 2, du Code civil, le contrat d'assurance a un caractère **aléatoire**, qui constitue son « **essence** » et qui s'oppose au fait que l'on puisse souscrire un contrat pour un risque déjà réalisé ou solliciter la garantie d'un dommage volontairement causé.

Le montant des **primes** collectées par l'assureur est fonction de l'intensité du risque que fait peser chaque assuré sur la mutualité et du montant des garanties prévues. Il appartient donc à ce dernier de répondre avec exactitude aux questions qui lui sont posées lors de la souscription du contrat pour permettre de les apprécier.

2 - L'ASSURANCE EST UN CONTRAT

Conformément à l'article 1104 du Code civil, l'assurance est un **contrat** qui repose sur la bonne foi, par lequel une partie, dénommée le **souscripteur**, se fait promettre par une autre partie, dénommée l'**assureur**, une prestation en cas de réalisation d'un risque, moyennant le paiement d'un prix appelé *prime* ou *cotisation*.

Cette convention va donc s'avérer relativement **complexe**, puisqu'elle portera sur la détermination du risque assuré, de la prime et des obligations de l'assureur en cas de sinistre. Cette complexité va nécessiter une protection particulière du consentement des co-contractants, notamment celle du consommateur.

La souscription du contrat peut requérir l'aide de professionnels de l'assurance, et notamment d'intermédiaires, tels les courtiers ou agents généraux, dont les compétences peuvent aller de la réalisation d'audits de risques jusqu'à la souscription de polices auprès des compagnies d'assurance les mieux placées sur le marché international de l'assurance (L 511-1 du Code des assurances).

3 - L'ASSURANCE EST UN SYSTÈME D'INDEMNISATION

L'existence du contrat d'assurance va « intéresser » des tiers, tels les créanciers d'une dette de responsabilité de l'assuré dont le patrimoine constitue le gage commun. L'assurance peut donc être considérée comme un « **système d'indemnisation** » des victimes, au même titre que les fonds de garantie (FGAO, FGTI…) ou la solidarité nationale (ONIAM…).

L'assurance devient ainsi non seulement une garantie de solvabilité pour l'assuré dont elle renforce le **crédit**, mais aussi un instrument privilégié de l'indemnisation des victimes, ce qui explique la multiplicité des assurances obligatoires.

Le contrat d'assurance est donc soumis à des **principes d'ordre public** et parfois à des clauses-type, visant à renforcer son efficacité à l'égard des assurés et des tiers, au détriment de son aspect purement contractuel (L 111-2 du C. Ass.).

Cette interaction a donc donné naissance à un droit spécifique : le **droit des assurances**, qui repose sur les mécanismes combinés du droit des obligations et des contrats, du droit de la consommation et de principes d'ordre public, codifiés dans le Code des assurances.

L'assurance concerne tous les domaines de la vie économique et sociale : protection des personnes et des biens des particuliers, des entreprises ou des collectivités, protection des tiers victimes.

CLASSIFICATION DES ASSURANCES

1 - DEUX CATÉGORIES PRINCIPALES

Assurances de dommages	Assurances de personnes
1) Assurances de chose • Perte d'un bien ou d'un revenu • Incendie, explosion, dégât des eaux, vol, vandalisme, terrorisme • Risques naturels et climatiques • Risques d'entreprise : assurance-crédit, perte d'exploitation après sinistre, bris de machine, transport… **2) Assurances de responsabilité** • **Responsabilité du fait personnel** : faute, imprudence, négligence (Art. 1240, 1241, Code civil) • **Responsabilité du fait des choses** que l'on a sous sa garde, ou des **personnes** dont on doit répondre (enfants, préposés… : Art. 1242) et de ses animaux (pittbull… : Art. 1243), circulation • Dette de **responsabilité contractuelle** : Art. 1231-1 CC • **Risques professionnels et d'entreprise** encourus du fait de l'exploitation, ou de la mise en circulation de ses produits, ou par ses dirigeants • Risques spécifiques : construction, automobile, médical…	**1) Prévoyance** • Maladie, incapacité, invalidité, accidents de la vie, dépendance • Assurance emprunteur • Retraite • L'assurance groupe permet l'organisation collective d'un régime de prévoyance de l'entreprise **2) Gestion de patrimoine** • Assurance-vie : instrument de transmission de patrimoine, permet le paiement des droits de succession • « Rente-survie » – « Épargne handicap » • Garantie « homme-clef » de l'entreprise • Fonds d'investissement • Transmission de PME Les assurances de personnes sont souvent gérées en capitalisation.
Principe **indemnitaire** (L 121-1 C. Ass.) : • L'indemnité due par l'assureur ne peut dépasser le montant de la valeur de la chose assurée au moment du sinistre • Prohibition de la surassurance (L 121-3) et réglementation des assurances cumulatives (L 121-4)	Principe **forfaitaire** : • Sauf si la prestation versée a un caractère indemnitaire
• **Subrogation légale de l'assureur** dans les droits de l'assuré (L 121-12, C. Ass.) • Subrogation conventionnelle possible (Art. 1346-1, Code civil)	• **Subrogation de l'assureur** impossible dans les droits de l'assuré (L 131-2 C. Ass.) • Sauf si la prestation a un caractère indemnitaire (L 132-2, al. 2, C. Ass.), lorsque l'indemnité correspond au préjudice effectif

On peut noter aussi les assurances qui assument le risque « dépendance », l'assistance ou la protection juridique, c'est-à-dire celles qui s'engagent à une obligation de faire.

2 - NÉCESSITÉ D'UN AGRÉMENT BRANCHE PAR BRANCHE

L'article L 321-1 du Code des assurances dispose que les entreprises d'assurance ne peuvent commencer leurs opérations qu'après avoir obtenu un **agrément administratif** pour une ou plusieurs des 26 branches prévues à l'article R 321-1.

On ne peut donc imposer à un assureur la garantie d'un risque obligatoire pour lequel il n'est pas agréé.

Cet agrément est accordé par l'État d'origine en ce qui concerne les entreprises d'assurance communautaires, qui opèrent en France en liberté d'établissement ou de prestations de services sous réserve de l'information de l'ACPR.

3 - GESTION EN RÉPARTITION OU EN CAPITALISATION

Pour des raisons techniques et comptables, le législateur exige que les compagnies d'assurances limitent leur activité, soit aux **branches de répartition** (accidents, maladie, dommages aux biens, responsabilité civile…), soit aux **branches de capitalisation** (vie, décès, capitalisation…).

Dans la gestion par répartition, l'assureur collecte les primes de la mutualité et en répartit le montant, en fin d'exercice, entre les assurés victimes de dommages.

Dans la gestion en capitalisation, l'assureur s'engage à faire fructifier les primes qui lui sont versées par des placements financiers dont les intérêts vont bénéficier à l'assuré. Ce système est donc utilisé pour des risques non constants, c'est-à-dire qui varient en cours de contrat (vie…), ou pour les risques à long terme (retraite…).

Les assureurs-vie ont néanmoins la possibilité de proposer, moyennant des primes distinctes, des garanties accessoires d'incapacité de travail ou d'invalidité à la suite d'accidents et de maladie.

Dans tous les cas, la solvabilité des entreprises d'assurance de personnes doit être conforme aux règles de la Directive « Solvabilité II » et leur défaillance financière couverte par le Fonds de Garantie des Assurances des Personnes (Art. L 423-1 Code des assurances).

Ces règles reposent sur l'exigence de fonds propres soumis à une procédure de surveillance et de gestion faisant l'objet d'une information adaptée.

LA RÉGLEMENTATION DU CONTRAT D'ASSURANCE

1 - LES TEXTES

L'article 1108, al. 2, du Code civil vise implicitement le contrat d'assurance parmi les contrats aléatoires. De son côté, la loi du 13 juillet 1930 a institué les règles relatives au contrat d'assurance, dont la plupart sont **d'ordre public**. Cette loi couvre les assurances terrestres. Sur le territoire français, le contrat d'assurance est soumis à la loi française, sauf si les parties en ont décidé autrement.

Suite à deux directives européennes du 24 juillet 1973, en matière de liberté d'établissement et en matière d'assurances de dommages, deux décrets et un arrêté du 16 juillet 1976 ont codifié les textes législatifs puis réglementaires en matière d'assurance dans les trois parties du **Code des assurances**.

Chaque partie est divisée en **cinq livres** :

Livre I : Régime général du contrat d'assurance ;

Livre II : Certaines assurances obligatoires (automobile, habitation, construction…) ;

Livre III : Entreprises d'assurances (contrôle, solvabilité, assurance communautaire…) ;

Livre IV : Organisations et régimes particuliers d'assurance (fonds de garantie…) ;

Livre V : Distributeurs d'assurance (intermédiation, liberté d'établissement et de libre prestation de service, courtiers, agents généraux).

De nombreux textes législatifs sont venus modifier les règles du Code des assurances, dans lequel le droit commun des obligations ou de la consommation garde toute sa place, tandis que le droit administratif est applicable aux marchés publics d'assurance.

L'autorité administrative peut imposer des **clauses types** dans certains contrats d'assurance obligatoire, tels que la construction ou l'automobile.

2 - LE CONTRÔLE ADMINISTRATIF ET FINANCIER

Les entreprises d'assurances sont réglementées par le Livre III du Code des assurances et soumises au contrôle administratif et financier de l'État.

L'Autorité de Contrôle Prudentiel et de Résolution (ACPR), autorité administrative indépendante, veille à la stabilité du système financier des banques et des assureurs, et à la protection de leurs clients, notamment les assurés (Art. L 612-1 du Code monétaire et financier).

Elle intervient dans les demandes d'agrément des entreprises d'assurances, la modification de leurs statuts, ou les transferts de portefeuille, mais aussi dans la lutte contre le blanchiment.

La solvabilité des entreprises d'assurances est également étroitement surveillée, avec l'obligation de constituer une marge de solvabilité (Art. L 334-1 C. Ass.).

Les dettes des assureurs envers les assurés sont également garanties par des **provisions techniques** qui doivent faire l'objet de **placements réglementés**.

Il existe un fonds de garantie des assurés contre la défaillance des sociétés d'assurance de personnes, FGAP (Art. L 423-1 C. Ass.), tandis que le Fonds de Garantie des Assurances Obligatoires de Dommages (FGAO) protège les bénéficiaires de certains contrats obligatoires en cas de retrait d'agrément de l'assureur : Circulation, Dommages-Ouvrage (Art. L 421-9 C. Ass.). Un Fonds de Garantie (FGVTI) protège également les victimes des actes de terrorisme et d'autres infractions (Articles L 422-1 C. Ass.).

3 - LES RÈGLES COMMUNAUTAIRES

La prestation mise à la charge de l'assureur est considérée comme un « produit » commercial soumis aux conditions de la concurrence communautaire de l'article 52 du Traité de Rome.

Compte tenu de son intérêt général, l'institution d'assurance est soumise à une réglementation plus ou moins contraignante selon les États.

Or ces disparités de régime sont de nature à fausser le jeu normal de la concurrence, ce qui nécessite une **coordination des entreprises d'assurance**. L'Autorité européenne de surveillance des assurances et des pensions professionnelles (AEAPP) est chargée de garantir l'application cohérente des législations de l'Union européenne dans le secteur assurantiel et veille à la prévention des risques à la stabilité du système financier ainsi qu'à la protection des assurés.

De plus, il existe de nombreuses directives en matière d'assurance. La directive Solvabilité II, entrée en vigueur le 1er janvier 2016, prévoit la réforme de la solvabilité des entreprises d'assurances européennes. Elle a pour objet de mieux adapter les fonds propres des assureurs aux risques encourus dans leur activité. Elle institue de nouvelles exigences qualitatives dans la gestion des risques, ainsi que l'obligation de fournir une meilleure information financière.

Mise en application le 1er octobre 2018, la **Directive sur la Distribution de l'Assurance (DDA)** renforce la protection des consommateurs à l'égard des distributeurs d'assurance désormais astreints à une formation continue. L'information précontractuelle est améliorée par la remise de documents normalisés. La vente des contrats est fondée sur des principes de loyauté et de transparence.

CARACTÈRES DU CONTRAT D'ASSURANCE

1 - CARACTÈRE ALÉATOIRE

L'aléa existe dès lors qu'au moment de la formation du contrat les parties ne peuvent apprécier l'avantage qu'elles en retireront parce que celui-ci dépend d'un événement incertain (Art. 1108, al. 2, du Code civil – Cass. Civ. II, 20/05/2020, 19-11538 – Cass. Civ. II, 25/10/2018, 16-23103).

La **faute intentionnelle de l'assuré est inassurable** (Art. L 113-1 C. Ass. – Cass. Civ. I, 8/01/2020, 18-19782, 18-19832 ; Cass. Civ. II, 8/03/2018, n° 17-15143) et il ne doit pas avoir connaissance du sinistre lors de la souscription du contrat.

Le contrat d'assurance-vie, dont les effets dépendent de la durée de la vie humaine, comporte un aléa (Cass. Ch. mixte, 23/11/2004, 01-13592, 02-11352, 02-17507, 03-13673 ; RGDA 2005, p. 110, note L. Mayaux – Cass. Civ. II, 17/03/2005, 03-19408).

2 - PRINCIPE INDEMNITAIRE

L'indemnité due par l'assureur ne peut excéder la valeur de la chose assurée au moment du sinistre (Art. L 121-1 C. Ass.) en matière d'assurance de dommages (Cass. Civ. II, 26/03/2015, 14-13332).

3 - CONSENSUALISME

Le contrat d'assurance devient parfait dès la rencontre des volontés de l'assureur et de l'assuré (Art. 1101 du Code civil). L'écrit n'est exigé qu'en tant que moyen de preuve (Cass. Civ. II, 14/06/2018, 17-10097).

4 - CARACTÈRE D'ORDRE PUBLIC

Ne peuvent être modifiées par convention les prescriptions de la plupart des règles du Code des assurances, sauf celles qui donnent aux parties une simple faculté et qui sont contenues dans des articles déterminés (Art. L 111-2 C. Ass.). L'administration peut imposer des **clauses types** dans certains contrats d'assurance obligatoire.

5 - SYNALLAGMATIQUE

Les pertes et les dommages occasionnés par des **cas fortuits** ou causés par la **faute de l'assuré** sont à la charge de l'assureur, sauf exclusion formelle et limitée contenue dans la police (Art. L 113-1 C. Ass.). Il doit exécuter la prestation prévue au contrat dans le **délai convenu** (Art. L 113-5 C. Ass.).

L'assuré doit déclarer le risque, ou son aggravation, payer la prime d'assurance, respecter les conditions de garantie, prendre des mesures conservatoires en cas de sinistre, déclarer le sinistre dans le délai prévu sous peine de déchéance en cas de préjudice subi par l'assureur (Art. L 113-2 C. Ass.).

6 - CARACTÈRE DE CONTRAT D'ADHÉSION

En principe, les divers documents composant le contrat d'assurance sont rédigés par l'assureur et font l'objet de **clauses types** en matière d'assurances obligatoires. Toutefois, pour les risques d'entreprise, c'est souvent le courtier qui établit le contrat et qui le négocie avec l'assureur.

Les contrats d'assurance peuvent être soumis au régime des **clauses abusives** (Art. 1171 du C. civil et L 212-1 Code cons.). En cas de doute, la convention s'interprète contre celui qui a stipulé et en faveur de celui qui a contracté l'obligation (Art. 1190 C. civil), à savoir l'assuré, et nécessairement en faveur du consommateur ou du non professionnel (Cass. Civ. II, 08/03/2018, 17-10030 – Cass. Civ. II, 03/07/2014, 13-22418).

7 - CONTRAT DE BONNE FOI

Bonne foi de l'assureur

Selon l'Art. 1104 du C. civil, le contrat d'assurance doit être négocié, formé et exécuté de bonne foi.

L'assureur a une **obligation de conseil et d'information** tout au long de la vie du contrat, et notamment lors de sa souscription, où il doit conseiller des garanties adaptées à la situation personnelle de l'assuré (Cass. Civ. II, 03/05/2018, 17-15044 ; Ass. Plén. 02/03/2007, 06-15267).

Bonne foi de l'assuré

- Répondre de bonne foi aux questions posées par l'assureur lors de la déclaration du risque (Art. L 113-2, 2° C. Ass.) et déclarer les circonstances nouvelles d'aggravation de risque (3°).
- Prohibition de la faute intentionnelle (Art. L 113-1 C. Ass.).
- Loyauté dans la déclaration des pertes qui ne doivent pas être surévaluées.
- Nullité du contrat en cas d'assurances excessives, susceptibles de faire obstacle au principe indemnitaire (Art. L 121-4 C. Ass.).

8 - CARACTÈRE ONÉREUX

La garantie de l'assureur n'est due qu'en contrepartie d'une **prime** ou d'une cotisation, calculée en fonction de l'intensité du risque à garantir et sur la base des déclarations de l'assuré (Art. L 113-2, L 113-3 C. Ass.).

LES ENTREPRISES D'ASSURANCE

1 - L'ASSUREUR

L'assureur est la partie au contrat qui s'engage à **exécuter une prestation** en cas de réalisation du risque.
Il s'agit obligatoirement d'une **entreprise d'assurance** sous forme de Société Anonyme ou de Mutuelle, bénéficiant d'un agrément, soumise au contrôle de l'ACPR et réglementée par le Livre III du Code des assurances.
On distingue les assureurs-**vie**, qui contractent des engagements liés à la durée de la vie humaine, et **non-vie** garantissant les dommages corporels causés par accident et maladie, ainsi que les dommages matériels ou financiers. De plus en plus d'établissements bancaires opèrent dans l'activité d'assurance sous le nom de **bancassurance**.
Les organismes de **réassurance** doivent également obtenir un **agrément**.

2 - LES ORGANISATIONS PROFESSIONNELLES

Créée en 1937, sous forme d'un syndicat professionnel, la **Fédération Française des Sociétés d'Assurances** (**FFSA**) a fusionné en 2016 avec le Groupement des entreprises mutuelles d'assurance (**GEMA**), créé en 1964, au sein d'une nouvelle organisation, la **Fédération Française de l'Assurance** (**FFA**) qui rassemble plus de 260 sociétés d'assurance et de réassurance constituant plus de 99 % du marché.
Elle représente le secteur de l'assurance auprès des pouvoirs publics, apporte des services à ses membres et joue un rôle d'informateur auprès du public.
Ces organisations ont conclu entre-elles de nombreuses conventions notamment en ce qui concerne les règlements de sinistre : automobile, dégât des eaux…
De leur côté, les intermédiaires d'assurance se sont regroupés en syndicats.

3 - LA COASSURANCE

La coassurance est une opération par laquelle plusieurs assureurs garantissent une part déterminée d'un même risque, au moyen d'un même contrat appelé **police collective**. Ce système fait l'objet d'une déontologie et est géré par un **bureau central de répartition (BCR)**.
Les primes et les indemnisations sont partagées au prorata des engagements respectifs des coassureurs. Chacun d'eux est représenté par **l'apériteur** qui reçoit mandat de conclure les contrats, d'encaisser les primes, de régler les sinistres et d'agir en justice (Cass. Civ. II, 8 juin 2017, 16-19973).

En principe, les coassureurs ne sont tenus que de leurs parts respectives, et sans solidarité entre eux (Art. L 172-30 C. Ass.). Il appartient donc à l'assuré d'interrompre la prescription biennale à l'égard de tous, en cas de sinistre, sauf si les coassureurs non solidaires ne contestent pas avoir donné mandat à l'apériteur pour les représenter en justice (Cass. Civ. II, 22/05/2014, 13-17821).

4 - LA RÉASSURANCE

La réassurance est l'activité d'un organisme (Munich Re, Swiss Ré, SCOR…) consistant à accepter des risques cédés par des assureurs, ce qui leur donne la capacité d'accepter certains risques importants (Art. L 310-1-1 du Code des assurances).
Dans la **réassurance facultative**, l'assureur cédant demande au réassureur un soutien en capacité sur un risque déterminé, ce qui s'apparente au système de la coassurance. Cela permet à l'assureur de bénéficier d'une cotation sur un risque très technique qu'il connaît mal.
Dans la **réassurance obligatoire**, l'assureur s'engage à céder tous les risques d'une branche déterminée. La réassurance intervient sous forme d'un traité de « partage d'affaires », par lequel le réassureur définit son « plein » de garantie sur un risque ou un événement déterminé, selon diverses modalités.
On distingue la réassurance proportionnelle où le réassureur participe aux sinistres dans la même proportion que les primes qu'il a perçues, dite « en quote-part » ou en « excédent de pleins », et la réassurance non proportionnelle en excédent de sinistre (XS), où l'assureur n'intervient qu'au-delà d'un certain montant, ou de perte annuelle (*Stop Loss*), où l'assureur ne prend en charge qu'une baisse de résultat de l'assureur.
Même s'ils restent soumis au contrôle de l'État, les réassureurs ne sont pas partie au contrat d'assurance, puisque seul l'assureur est « responsable » vis-à-vis de l'assuré.
La **Caisse Centrale de Réassurance (CCR)**, dont l'État est actionnaire à 100 %, opère sur le marché international, avec garantie de l'État sur certaines catégories de risques, notamment les catastrophes naturelles.

L'assurabilité d'un risque est souvent conditionnée par le marché international de la réassurance, particulièrement sensible aux catastrophes majeures (pandémies…) et aux fluctuations jurisprudentielles en matière de responsabilité. Ceci explique le retrait massif des assureurs en matière médicale ou industrielle en 2001, suite à l'arrêt « Perruche ».

Les réassureurs agréés en France peuvent exercer leur activité dans l'UE et doivent justifier d'une marge de solvabilité apte à garantir leurs engagements.

LES INTERMÉDIAIRES D'ASSURANCE

1 - LA DISTRIBUTION DE L'ASSURANCE

Réglementée par les articles L 511-1 et suivants du Code des assurances, ***« la distribution d'assurances ou de réassurances est l'activité qui consiste à fournir des recommandations sur des contrats d'assurance ou de réassurance, à présenter, proposer ou aider à conclure ces contrats ou à réaliser d'autres travaux préparatoires à leur conclusion, ou à contribuer à leur gestion et à leur exécution, notamment en cas de sinistre ».***

Cette activité doit répondre à des **conditions d'immatriculation** sur le registre de l'ORIAS, d'honorabilité, ainsi que de **capacité professionnelle**, et être assortie de **garanties d'assurances** de responsabilité civile et financières.

Applicable depuis le 1er octobre 2018, la **Directive sur la Distribution de l'Assurance (DDA)** renforce la protection de l'assuré en mettant à la charge des intermédiaires une obligation de formation continue destinée à actualiser leurs connaissances et garantir leur aptitude à fournir un conseil adapté. Désormais, le distributeur devra prouver qu'il a fourni la bonne réponse aux besoins du client et donner des informations sur le produit fourni et les conditions de sa rémunération. Tout distributeur doit justifier d'une assurance de responsabilité civile professionnelle.

2 - LES AGENTS GÉNÉRAUX D'ASSURANCE

L'agent général est le **mandataire de la société d'assurances**, qui a la charge de placer des opérations d'assurance et éventuellement de les gérer. Il s'agit d'une **profession libérale**, propriétaire de son portefeuille de clients, et rémunérée par un commissionnement.

Les actes passés par l'agent général **engagent sa compagnie mandante** sur le fondement de l'article 1998 du Code civil. Sa responsabilité civile peut être recherchée tant par son client assuré (Art. 1231-1 C. civil), qu'en sa qualité de mandataire (Art. 1992 C. civil), en cas de faute professionnelle. Il doit remplir des conditions de capacité et de formation.

Dans certaines conditions, l'agent général peut vendre des contrats d'assurance pour le compte d'autres sociétés d'assurances que celles qu'il représente. Il agit alors comme intermédiaire sous sa propre responsabilité. Comme tout distributeur d'assurance, l'Agent Général doit se conformer aux exigences de la DDA.

3 - LES COURTIERS D'ASSURANCE

Les courtiers d'assurance exercent sous forme de **commerçants** indépendants ou de sociétés commerciales : Marsh, Gras Savoye, Aon…

Les courtiers sont soumis aux dispositions du Livre V du Code des assurances et aux « ***Usages du courtage d'assurance*** » dans leurs relations avec les compagnies qui les référencent. Le courtier est, en principe, le **mandataire de l'assuré** qu'il représente à l'égard de l'assureur.

Il est rémunéré par un **commissionnement sur les primes** de polices souscrites par son intermédiaire, lequel lui reste dû tant que la police est en vigueur, même en cas de changement de courtier. Mais il exerce parfois un véritable **rôle de prestation de service**, rémunéré par des honoraires.

Pour les risques importants, les courtiers négocient directement les conditions des contrats d'assurance avec l'assureur et peuvent établir les polices sous leur propre en-tête, faisant perdre à celles-ci leur caractère d'adhésion pour l'assuré (courtiers grossistes).

L'assureur peut confier à un courtier le mandat de délivrer des notes de couverture et de recouvrement des primes, voire la gestion de certains sinistres. Le courtier devient alors le **mandataire**, **au moins apparent**, **de l'assureur**, pour la mission qui lui est confiée.

Le courtier a un rôle de conseil renforcé à l'égard de son client (Cass. Civ. I, 22/11/2017, 16-13179), lequel s'apprécie en fonction de la compétence de ce dernier (Cass. Civ. II, 17/01/2019, 17-31408).

Les courtiers, comme les agents, peuvent eux-mêmes faire appel à des mandataires d'intermédiaires d'assurances (MIA).

4 - LE RÔLE DE CONSEIL DES DISTRIBUTEURS

En leur qualité de professionnels, tous les distributeurs d'assurance sont astreints à une **obligation de conseil** renforcée à l'égard de leurs clients compte tenu de la complexité de l'opération d'assurance. Ce conseil s'exerce à l'occasion de la souscription, en se renseignant sur les besoins réels du client et en l'aidant à choisir une garantie adaptée.

L'article L 520-1 du Code des assurances met à la charge de l'intermédiaire l'obligation de *préciser les exigences et les besoins du souscripteur éventuel, ainsi que les raisons qui motivent le conseil fourni quant à un produit d'assurance déterminé*. Le distributeur doit mettre en garde l'assuré sur l'inadéquation du montant de la garantie souscrite avec le risque dont il a eu connaissance (Cass. Civ. II, 08/12/2016, 15-25128).

L'ASSURÉ

1 - LE SOUSCRIPTEUR

Le **souscripteur est la partie qui conclut le contrat d'assurance** et qui s'engage au paiement des primes. Ce n'est pas obligatoirement l'assuré.

L'assuré est la personne sur la tête ou sur les intérêts de laquelle repose une assurance, c'est-à-dire celle qui est menacée par le risque couvert, soit dans sa personne, soit dans son patrimoine.

La qualité d'assuré est donc bien spécifique et ne peut être simplement ramenée ni à celle de partie au contrat, ni à celle de tiers bénéficiaire. Il est vrai qu'une confusion est souvent commise entre le terme d'assuré et celui de souscripteur, y compris dans certaines dispositions du Code des assurances.

2 - L'ASSURANCE POUR COMPTE

Selon l'article **L 112-1 du Code des assurances**, « *l'assurance peut être contractée en vertu d'un mandat général ou spécial ou même sans mandat, pour le compte d'une personne déterminée.* » Si elle ne se présume pas, l'assurance pour compte peut être implicite et résulter de la volonté non équivoque des parties (Cass. Civ. II, 25/06/2020, 18-26685 et 19-10157).

En l'absence de mandat, il s'agit d'une **stipulation pour autrui** qui profite à la personne pour le compte de laquelle elle a été conclue, alors même que la ratification n'aurait lieu qu'après le sinistre (Art. 1205 C. civil).

L'assurance peut aussi être souscrite **pour le compte de qui il appartiendra**. La clause vaut alors, tant comme assurance au profit du souscripteur du contrat que comme stipulation pour autrui au profit du bénéficiaire connu ou éventuel de ladite clause (al. 2). Dans ce dernier cas, le souscripteur est seul tenu au paiement de la prime envers l'assureur ; les exceptions que l'assureur pourrait lui opposer sont également opposables au bénéficiaire du contrat, quel qu'il soit.

Selon l'article L 112-5, la police d'assurance peut être à personne dénommée, à ordre ou au porteur. Les polices à ordre se transmettent par voie d'endossement, même en blanc. Cette disposition n'est toutefois pas applicable aux contrats d'assurance sur la vie (Art. L 132-6 C. Ass.).

Enfin, il résulte de l'article L 112-6 que l'assureur peut opposer au porteur de la police, ou au tiers qui en invoque le bénéfice, les exceptions opposables au souscripteur originaire. Une assurance pour compte peut être souscrite par un tiers qui n'est pas forcément intéressé par la garantie de l'assureur, telle une société mère pour une filiale…

L'assurance pour compte est souvent utilisée par les dépositaires de biens mobiliers appartenant à autrui, notamment par les logisticiens et transporteurs, pour garantir deux risques concomitants : le risque d'avaries pesant sur le propriétaire de la marchandise transportée et la responsabilité contractuelle du transporteur…

3 - L'ASSURANCE DE GROUPE

« Est un contrat d'assurance de groupe le contrat souscrit par une personne morale ou un chef d'entreprise en vue de l'adhésion d'un ensemble de personnes répondant à des conditions définies au contrat, pour la couverture des risques dépendant de la durée de la vie humaine, des risques portant atteinte à l'intégrité physique de la personne ou liés à la maternité, des risques d'incapacité de travail ou d'invalidité ou du risque de chômage. » (L 141-1 C. Ass.)

Les associations et les employeurs font ainsi bénéficier leurs adhérents ou leurs salariés d'un régime complémentaire de prévoyance et de retraite (PER), facultatif ou obligatoire, pour leurs adhérents ou leurs salariés. Les indépendants peuvent adhérer à un contrat « Madelin ». Les banques peuvent proposer à leurs clients d'adhérer à une assurance de groupe afin de garantir le remboursement d'emprunt.

Sauf en matière d'emprunt, le souscripteur, en principe mandataire de l'assureur, est seul tenu d'un devoir d'information auprès de l'adhérent, lequel ne s'achève pas avec la simple remise de la notice d'assurance qui définit les garanties et leurs modalités d'entrée en vigueur ainsi que les formalités à accomplir en cas de sinistre (Cass. Civ. I, 17 juin 2015, 14-20257).

Il doit l'informer par écrit des modifications apportées au moins 3 mois à l'avance, ce qui permet à cet adhérent de dénoncer son adhésion lorsque celle-ci n'est pas obligatoire.

Le souscripteur ne peut exclure un adhérent du bénéfice du contrat d'assurance de groupe que si le lien qui les unit est rompu ou si l'adhérent cesse de payer la prime, mais cette exclusion ne peut faire obstacle, le cas échéant, au versement des prestations acquises en contrepartie des primes ou cotisations versées antérieurement par l'assuré (L 141-4 C. Ass.).

Ces dispositions ont été étendues aux **assurances collectives de dommages** (Art. L 129-1 C. Ass), sauf en ce qui concerne le régime de la tacite reconduction (Art. L 113.15.1, 4e al., C. Ass.).

LES TIERS BÉNÉFICIAIRES

1 - LES CRÉANCIERS PRIVILÉGIÈS

Les indemnités dues par suite d'assurance contre l'incendie, contre la grêle, contre la mortalité du bétail ou les autres risques, sont attribuées, sans délégation expresse, aux créanciers privilégiés ou hypothécaires, suivant leur rang, ainsi qu'au propriétaire ou au voisin en cas d'assurance du risque locatif ou du recours du voisin (L 121-13 C. Ass.).

Il appartient donc à l'assureur de faire preuve de **prudence lors du versement de l'indemnité**, en tenant compte des oppositions faites, même de façon informelle, par un éventuel créancier privilégié ou hypothécaire, et notamment en cas d'avis à tiers détenteurs du trésor ou d'organismes sociaux. À défaut, il peut être amené à payer deux fois.

Toutefois, l'assureur n'est pas tenu de rechercher ou de vérifier au préalable l'existence d'éventuelles inscriptions d'hypothèques sur un immeuble sinistré, et se libère valablement de l'indemnité entre les mains de son assuré en l'absence d'opposition et de connaissance de l'existence d'un créancier hypothécaire qui pourrait prouver sa mauvaise foi (Cass. Civ. II, 22 novembre 2018, 17-20.926).

2 - LES TIERS VICTIMES

Exclusivité du droit de la victime

L'alinéa 1 de l'article L 124-3 du Code des assurances, dispose que « ***le tiers lésé dispose d'un droit d'action directe à l'encontre de l'assureur garantissant la responsabilité civile de la personne responsable***. […] *L'assureur ne peut payer à un autre que le tiers lésé tout ou partie de la somme due par lui, tant que ce tiers n'a pas été désintéressé, jusqu'à concurrence de ladite somme, des conséquences pécuniaires du fait dommageable ayant entraîné la responsabilité de l'assuré.* »

La victime d'un dommage, ou ses ayants droit, dispose donc d'un **droit exclusif et autonome** à l'encontre de l'assureur du responsable assuré qui « *trouve sa source et puise sa mesure* » dans les stipulations du contrat d'assurance souvent assorti de clauses types dans les assurances obligatoires.

Le droit d'action directe du tiers lésé suppose qu'il établisse à la fois l'existence d'une dette de responsabilité de l'assuré et celle d'un contrat d'assurance garantissant cette responsabilité (Cass. Civ. I, 06/07/1999, 98-12526). Le jugement de condamnation rendu contre l'assuré à raison de sa responsabilité est opposable à l'assureur pour qui il constitue la réalisation du risque assuré, sauf fraude (Cass. Civ. I, 29/10/2014, 13-23506 – Cass. Civ. III, 18/02/2016, 14- 29200).

L'assureur ne peut plus alors contester sa garantie qu'au regard des stipulations de sa police.

La loi du 5 juillet 1985 oblige l'assureur, sous peine de sanctions, à prendre l'initiative de l'indemnisation des victimes d'accidents de la circulation en leur présentant des offres dans des délais déterminés et même avant toute réclamation de leur part (L 211-9 C. Ass.).

L'autonomie de l'action directe de la victime

Le droit d'action directe est subordonné aux conditions, limitations et exclusions prévues au contrat d'assurance, et au respect de ses obligations par l'assuré.

Toutefois, un certain nombre de clauses contractuelles sont légalement inopposables à la victime, telles que les franchises et réduction proportionnelle en matière d'assurance automobile, ou l'exclusion pour violation des règles de l'art en matière de travaux de bâtiment.

De plus, **le droit de la victime se « cristallise » au moment de la réalisation de son dommage**, et ne peut plus être affecté dans son principe et son étendue par une déchéance de garantie motivée par un manquement de l'assuré à ses obligations à l'égard de l'assureur postérieurement au sinistre, par exemple en cas d'absence de déclaration de sinistre… (Art. R 124-1 C. Ass.).

Le tiers lésé n'est pas tenu de se soumettre à la vérification de sa créance en cas de procédure collective du responsable assuré, ni de mettre ce dernier en cause s'il intente son action directe directement à l'encontre du seul assureur (Cass. Com. 16/11/2010, 09-10492 – Cass. Com., 18/06/2013, 12-19709).

L'action directe de la victime contre l'assureur de responsabilité n'est pas soumise à la prescription biennale de l'article L 114-1 du Code des Assurances, et se prescrit par le même délai que son action contre le responsable (Cass. Civ. III, 12 avril 2018, 17-14858). Elle peut se prolonger tant que l'assureur est exposé au recours de son assuré, c'est-à-dire dans un délai de deux ans courant à compter de la mise en cause de l'assuré par la victime (Cass. Civ. III, 19/03/2020, 19-12800 – Cass. Civ., 10/02/2011, 10-14148, 10-14581).

La victime peut appeler en cause l'assureur du prévenu devant la juridiction pénale afin que le jugement lui soit déclaré opposable (Art. 385-1, 386-1 C. Procédure pénale).

Le Juge administratif n'est compétent pour statuer sur l'action directe d'un tiers lésé contre un assureur, que si le contrat d'assurance de responsabilité du responsable a été souscrit selon la procédure des marchés publics (CE, 15/05/2013, n° 357810 – Cass. Civ. I, 24/10/2018, 17-31306).

FICHE 9 L'INFORMATION PRÉALABLE DE L'ASSUREUR PAR L'ASSURÉ

Selon les articles 1112 et 1112-1 du Code civil, l'initiative et le déroulement des négociations précontractuelles doivent impérativement satisfaire aux exigences de la bonne foi, et les parties sont tenues d'un devoir d'information réciproque.

1 - LA PROPOSITION D'ASSURANCE DE L'ASSURÉ

C'est le document par lequel le futur souscripteur sollicite de l'assureur une garantie d'assurance pour des risques déterminés. En pratique, il s'agit souvent d'un **imprimé préétabli**. Ce n'est qu'une **intention de contracter**, **émanant du futur souscripteur**, lequel demeure libre de la retirer tant que l'assureur ne l'a pas acceptée.
L'article L 112-2, al. 6, du Code des assurances dispose que « *la proposition d'assurance n'engage ni l'assuré ni l'assureur.* »

2 - LE QUESTIONNAIRE FOURNI PAR L'ASSUREUR

L'assureur doit être **informé exactement** sur les circonstances qui sont de nature à lui faire apprécier les risques qu'il prend en charge. Il résulte de l'article L 113-2, 2°, du Code des assurances que l'assuré est obligé de répondre exactement aux questions précises posées par l'assureur, notamment dans le formulaire de déclaration du risque par lequel celui-ci l'interroge, lors de la conclusion du contrat, sur les circonstances qui sont de nature à lui faire apprécier les risques qu'il prend en charge.
Il résulte des articles L 112-3, al. 4, et L 113-8 que l'assureur ne peut se prévaloir de la réticence ou de la fausse déclaration intentionnelle de l'assuré que si celles-ci procèdent des réponses qu'il a apportées auxdites questions.
Une simple mention des Conditions Particulières signées, et revêtues de la mention « Lu et approuvé », ne saurait suppléer l'absence de question posée à l'assuré, et ne permet pas à l'assureur de se prévaloir de la réticence ou de la fausse déclaration intentionnelle de l'assuré (Cass. Mixte, 07/02/2014, 12-85107). Ces questions doivent être précises (Cass. Civ. II, 13/12/2018, 17-28093).
L'assuré n'est donc **pas tenu de répondre à une question qui ne lui est pas posée** (Cass. Civ. II, 22/10/2015, 14-21909 – Cass. Civ. II, 04/10/2018, 17-25967).

3 - LA DÉCLARATION DES AGGRAVATIONS DE RISQUES

Selon l'article L 113-2, 3° du Code des assurances, l'assuré est obligé de « *déclarer, en cours de contrat, les* ***circonstances nouvelles*** *qui ont pour conséquence soit d'aggraver les risques, soit d'en créer de nouveaux et rendent de ce fait inexactes* *ou caduques les réponses faites à l'assureur, notamment dans le formulaire mentionné au 2° ci-dessus. […] L'assuré doit, par lettre recommandée, déclarer ces circonstances à l'assureur dans un délai* ***de quinze jours*** *à partir du moment où il en a eu connaissance. »* Il en est de même en cas d'aggravation de risque (Cass. Civ. II, 22/11/2018, 17-26355). L'assureur a alors la possibilité de résilier le contrat ou d'augmenter le montant des primes.

4 - SANCTION DE L'INFORMATION INEXACTE DUE À L'ASSUREUR

Nullité du contrat si mauvaise foi de l'assuré (Art. L 113-8 C. Ass.)

En cas de **mauvaise foi**, il y a nullité du contrat si cette réticence ou cette fausse déclaration intentionnelle **change l'objet du risque ou en diminue l'opinion** pour l'assureur, alors même que le risque omis ou dénaturé par l'assuré a été sans influence sur le sinistre.

« Les primes payées demeurent alors acquises à l'assureur, qui a droit au paiement de toutes les primes échues à titre de dommages et intérêts, sauf en cas d'assurance-vie. »

La preuve de la mauvaise foi de l'assuré incombe à l'assureur qui doit démontrer également que la fausse déclaration a faussé son opinion du risque. Outre une réponse erronée au questionnaire, la mauvaise foi de l'assuré peut également résulter de **déclarations spontanées** faites par l'assuré (Cass. Civ. II, 17/01/2019, 15-18514 – Cass. Civ. II, 04/02/2016, 15-13850).
La seule poursuite de la perception de primes postérieurement à la connaissance qu'avait l'assureur de la possibilité d'une fausse déclaration dans le questionnaire de déclaration du risque ne vaut pas renonciation de sa part à se prévaloir de cette cause de nullité (Cass. Civ. II, 03/10/2019, 18-19916).

Réduction proportionnelle de taux de prime (art. L 113-9 C. Ass.)

« L'omission ou la déclaration inexacte de la part de l'assuré dont la mauvaise foi n'est pas établie, ou qui ne modifie pas l'appréciation du risque, n'entraîne pas la nullité de l'assurance. Dans le cas où la constatation n'a lieu qu'après un sinistre, ***l'indemnité est réduite en proportion du taux des primes payées par rapport au taux des primes qui auraient été dues****, si les risques avaient été complètement et exactement déclarés. »*

$$\textbf{Indemnité} = \frac{\textbf{Montant du dommage} \times \textbf{Taux de prime payée}}{\textbf{Taux de prime due}}$$

FICHE **10** L'INFORMATION DE L'ASSURÉ PAR L'ASSUREUR

Conformément à l'article 1112-1 du Code civil et aux articles L 521-2 et suivants du Code des assurances, l'assuré doit être en mesure de connaître avec exactitude les conditions dans lesquelles il est garanti par l'assureur. Le défaut d'information sera sanctionné par **l'inopposabilité à l'assuré de toute clause restrictive de garantie**, dont l'assureur ne prouvera pas qu'elle ait été portée à sa connaissance effective préalablement à la souscription du contrat.
Cette obligation d'information se double d'une **obligation de conseil et de mise en garde** (Ass. Plènière, 02/03/2007, 06-15267).

1 - PRINCIPE GÉNÉRAL : NOTICE D'INFORMATION – PROJET DE CONTRAT

Avant la conclusion du contrat, l'assureur doit obligatoirement fournir – sauf exceptions – (Art. L 112-2 C. Ass.) :

- **une fiche d'information sur le prix et les garanties proposées** ;
- un **exemplaire du projet de contrat et de ses pièces annexes**, ou une **notice d'information** sur le contrat qui décrit précisément les garanties assorties des exclusions, ainsi que les obligations de l'assuré ;
- une **fiche d'information décrivant le fonctionnement dans le temps des garanties de responsabilité civile** (Art. L 124-3, al. 2, C. Ass.)

Depuis le 1er octobre 2018, le distributeur doit également fournir au souscripteur une fiche d'information *« normalisée qui résume de façon simple et claire les conditions générales du contrat proposé »* : l'« IPID ».

La remise de ces documents est constatée par une **mention signée et datée par le souscripteur et apposée au bas de la police**. L'absence de cette mention est **l'inopposabilité à l'assuré** de toutes les conditions restrictives de garantie qui n'auraient pas été portées à sa connaissance (Cass. Civ., 24/11/2011, 10-17785).

2 - L'INFORMATION DU CONSOMMATEUR LORS DE LA CONCLUSION DU CONTRAT D'ASSURANCE À DISTANCE

La souscription d'un contrat d'assurance à distance, notamment par Internet, est soumise aux dispositions particulières aux contrats portant sur des services financiers prévus par le Code de la consommation, lesquelles sont **d'ordre public** (L 222-1 et ss. C. consommation).

Mise à disposition des informations contractuelles

Le consommateur doit pouvoir recevoir à tout moment, par **écrit** ou sur un autre **support durable** à sa disposition et auquel il a accès en temps utile et avant tout engagement, les conditions contractuelles ainsi que les informations du contrat (Art. L 112-2-1 C. Ass.).

Délai de renonciation

- Toute personne physique ayant conclu à des fins qui n'entrent pas dans le cadre de son activité commerciale ou professionnelle un contrat à distance dispose d'un délai de **14 jours calendaires révolus pour renoncer**, sans avoir à justifier de motif ni à supporter de pénalités, à compter de l'information.
- Toutefois, en ce qui concerne les contrats d'assurance-vie, le délai précité est porté à **30 jours** calendaires révolus.

Ces délais courent, soit à compter du jour où l'intéressé est informé que le contrat à distance a été conclu, soit à compter du jour où l'intéressé reçoit les conditions contractuelles et les informations.

Un **modèle de lettre** destiné à faciliter l'exercice du droit de renonciation doit être mis à disposition.

Ces dispositions ne sont pas applicables à l'assurance automobile.

3 - L'INFORMATION DE L'ASSURÉ DANS LES CONTRATS D'ASSURANCES DE GROUPE

Tenu d'une obligation générale d'information et de conseil, et sous peine d'engager sa responsabilité (Cass. Civ. I, 17/06/2015, 14-20257), le souscripteur doit rapporter la preuve (Art. L 141-4 C. Ass.) :

- de la remise aux adhérents d'une **notice** établie par l'assureur qui définit les garanties et leurs modalités d'entrée en vigueur ainsi que les formalités à accomplir en cas de sinistre ;
- **de leur information par écrit des modifications** apportées à leurs droits et obligations, **3 mois** au minimum avant la date prévue de leur entrée en vigueur (Art. L 141-4 C. Ass. – Cass. Civ. II, 03/03/2016, 15-13027).

L'adhérent peut **dénoncer son adhésion** en raison de ces modifications, sauf si l'adhésion est obligatoire.

Les assurances de groupe ayant pour objet la garantie de remboursement d'un emprunt ne sont pas soumises à ces dispositions.

FICHE 11 L'INFORMATION DE L'ASSURÉ DANS LE CONTRAT D'ASSURANCE-VIE

1 - CONTENU DU CONTRAT

Le contrat d'assurance sur la vie et le contrat de capitalisation doivent comporter des clauses tendant à définir, pour assurer la sécurité des parties et la clarté du contrat, l'objet du contrat et les obligations respectives des parties.

Le contrat d'assurance sur la vie doit indiquer (article R 132-4 C. Ass.) :

- les nom, prénom et date de naissance du (ou des) assuré(s) ;
- l'événement ou le terme duquel dépend l'exigibilité, du capital ou de la rente, garanti ;
- les délais et les modalités de règlement du capital ou de la rente garantis.

L'assureur est tenu d'une obligation d'information sur l'adéquation du contrat avec sa situation personnelle (Art. 30 de la DDA – Cass. Civ. II, 03/10/2013, 12-24957).

2 - NOTE D'INFORMATION

Avant la conclusion d'un contrat d'assurance sur la vie ou d'un contrat de capitalisation par une personne physique, l'assureur remet à celle-ci, contre récépissé, une **note d'information sur les conditions d'exercice de la faculté de renonciation et sur les dispositions essentielles du contrat** (Art. L 132-5-2 C. Ass.). Il s'agit d'un document distinct des conditions générales et particulières du contrat dont il résume les dispositions essentielles, lesquelles ne sauraient y suppléer (Cass. Com., 02/03/2010, 09-12175).

Toutefois, la proposition d'assurance ou le projet de contrat vaut note d'information, pour les contrats d'assurance comportant une valeur de rachat ou de transfert, lorsqu'un **encadré**, **inséré en début de proposition d'assurance ou de projet de contrat**, indique en **caractères très apparents** la nature du contrat.

L'encadré comporte en particulier :

- le regroupement des frais dans une même rubrique ;
- les garanties offertes et la disponibilité des sommes en cas de rachat ;
- la participation aux bénéfices ;
- les modalités de désignation des bénéficiaires.

La note doit contenir le rappel des dispositions légales concernant la prescription (Cass. Civ., 21/11/2013, 12-27124).

La proposition ou le contrat d'assurance ou de capitalisation comprend :

- un modèle de lettre destiné à faciliter l'exercice de la faculté de renonciation ;
- une mention précisant les modalités de renonciation.

*« Le défaut de remise des documents et informations prévus au présent article entraîne de plein droit, pour les **souscripteurs de bonne foi**, la prorogation du délai de renonciation prévu à l'article L 132-5-1, jusqu'au trentième jour calendaire révolu suivant la date de remise effective de ces documents, dans la limite de huit ans à compter de la date où le souscripteur est informé que le contrat est conclu. »* (Art. L 132-5-2 C. Ass.). Toutefois, cette prorogation n'est pas discrétionnaire et la bonne foi de l'assuré est requise (Cass. Civ. II, 19/05/2016, 15-12767).

La **note d'information est un document distinct des conditions générales et particulières** du contrat, dont il résume les dispositions essentielles. Le défaut de remise de ce document ne peut être suppléé par la remise des conditions générales et particulières du contrat (Cass. Civ. II, 20/10/2016, 15-25810 – Cass. Civ. II, 13/07/2006, 05-10958).

L'absence de preuve de l'information entraîne l'inopposabilité des conditions ou exceptions restrictives de garanties (Cass. Civ. II, 21/05/2015, 14-18742).

3 - FACULTÉ DE RENONCIATION

Toute personne physique qui a signé une proposition ou un contrat d'assurance sur la vie ou de capitalisation a la faculté d'y renoncer par lettre recommandée, avec demande d'avis de réception, pendant le délai de **30 jours calendaires** révolus à compter du moment où elle est informée que le contrat est conclu (Art. L 132-5-1 C. Ass.) sauf abus (Cass. Civ. II, 28/03/2019, 18-15612).

La renonciation entraîne la **restitution par l'entreprise d'assurance ou de capitalisation de l'intégralité des sommes versées par le contractant**, dans le délai maximal de 30 jours calendaires révolus à compter de la réception de la lettre recommandée. Au-delà de ce délai, les sommes non restituées produisent de plein droit intérêt au taux légal majoré de moitié durant 2 mois, puis, à l'expiration de ce délai de 2 mois, au double du taux légal.

C'est la date du refus de l'assureur de restituer les fonds qui marque le point de départ de la prescription biennale (Cass. Civ. II, 13/09/2012, 11-24220).

LA POLICE D'ASSURANCE

Si on ne peut exclure que leur commune volonté engage les parties au contrat d'assurance, seule la police ou la note de couverture constate leur engagement réciproque (Art. L 112-2 4e C. Ass.). Le contrat d'assurance est rédigé par **écrit**, en français (Art. L 112-3 – Cass. Civ. I, 10/07/2002, 99-15430).

1 - CONTENU DE LA POLICE

Aux termes de l'article L 112-4 du Code des assurances, la police est **datée** du jour où elle est établie et doit indiquer : les **noms** et **domiciles** des parties contractantes, la **chose** ou la **personne** assurée, la **nature des risques** garantis, le moment à partir duquel le risque est garanti (date d'effet), la **durée de cette garantie**, le **montant** de cette garantie, la **prime** ou la cotisation de l'assurance.
La police indique la **loi applicable au contrat** lorsque ce n'est pas la loi française, l'adresse du **siège social de l'assureur** et, le cas échéant, de la succursale qui accorde la couverture, enfin le **nom et l'adresse des autorités chargées du contrôle** de l'entreprise d'assurance.
Les clauses des polices édictant des **nullités**, des **déchéances** ou des **exclusions** ne sont valables que si elles sont mentionnées en **caractères très apparents** (L 112-4, 2e al., C. Ass. – Cass. Civ. II, 15/04/2010, 09-11667)… À noter toutefois que les nullités d'ordre public n'ont pas à être précisées en caractères très apparents.

2 - DOCUMENTS CONTRACTUELS

La police d'assurance se présente sous la forme d'un ensemble de documents.

Conditions générales

Cet imprimé comprend les **clauses communes** à tous les contrats de cette catégorie passés par l'assureur. Il s'agit d'un **document type**, décrivant le fonctionnement général du contrat d'assurance.

Conditions particulières

Les conditions particulières **individualisent le contrat** et comportent les indications exigées par la loi. Elles portent la **signature de l'assuré**, ainsi que les mentions relatives à la communication des documents contractuels. Les conditions particulières visent les **références des documents annexes** qui constituent la police, et dont l'assuré doit attester avoir reçu un exemplaire.
Conformément au nouvel article 1119 du Code civil, les **conditions particulières prévalent toujours sur les conditions générales** et les conventions spéciales, dans la mesure où elles individualisent le risque assuré et peuvent apporter des

dérogations aux clauses figurant dans les documents de type annexes (Cass. Civ. II, 04/10/2018, 20624).

La connaissance et l'acceptation des Conditions Générales et Particulières conditionne leur opposabilité à l'assuré, mais non la formation du contrat (Cass. Civ. III, 20/04/2017, 16-10696).

Conventions spéciales

Pour les risques d'entreprise, les conditions particulières et générales peuvent être complétées par des conventions spéciales, dans lesquelles les risques garantis sont précisés, décrits et délimités de façon particulière : responsabilité civile après livraison, garantie « biens confiés », frais de retrait, etc. (Cass. Civ. II, 14/06/2018, 17-23160).

Intercalaires

Différentes clauses spécifiques peuvent être insérées au cours de la vie du contrat, ou annexées à la police initiale, sous le nom d'intercalaires signés, notamment pour les risques d'entreprise.

Avenants

Toute **modification à un contrat initial**, survenant en cours d'exécution du contrat, doit être constatée par un **écrit**, sous forme **d'avenant signé** par l'assuré, sauf si son contenu n'est pas contesté (Cass. Civ. II, 14/06/2018, 17-10097). Les attestations d'assurance ne peuvent prévaloir sur les stipulations contractuelles de la police d'assurance (Cass. Civ. II, 10/05/2007, 06-14543). Toute confusion entraînée par l'imprécision de l'attestation doit être interprétée en faveur de l'assuré (Cass. Civ. III, 17/01/2019, 17-27952).

3 - LA NOTE DE COUVERTURE

En attendant la conclusion du contrat d'assurances, l'assureur peut remettre à l'assuré une note de couverture – ou note de garantie – qui constate l'existence d'une **garantie provisoire**, **pendant une certaine durée**, constituée de tout écrit, signé par l'assureur ou son représentant, indiquant les éléments essentiels de l'assurance. Le procédé de la note de couverture peut être **dangereux pour l'assureur** dans la mesure où elle est nécessairement incomplète en ce qui concerne les conditions du contrat ou en cas d'insuffisance de garantie (Cass. Civ., 28/03/2019, 18-13655). Mais la jurisprudence estime que la mise en œuvre d'une note de couverture doit être faite par référence aux conditions générales de la police type de l'assureur (Cass. Civ. I, 07/03/1989, 87.10266).

Néanmoins, l'assureur doit apporter la preuve que l'assuré avait eu connaissance des exclusions de garantie au moment du sinistre (Cass. Civ. II, 08/06/2017, 16-15757).

LA SIGNATURE DE LA POLICE

1 - PASSATION DES CONTRATS DE DROIT PRIVÉ

Jusqu'à sa signature, l'assureur a la possibilité d'accepter ou de refuser de garantir le risque qui est proposé à sa garantie, nonobstant les règles du refus de vente. Toutefois, pour les assurances obligatoires : automobile, construction, bail ou responsabilité médicale… l'assuré peut saisir le bureau central de tarification en cas de refus de l'assureur (Art. R 250-1 C. Ass.). Dans les mêmes conditions, l'assuré a la possibilité de ne pas donner suite au projet de contrat qui lui est proposé.

La jurisprudence estime, sur la base de l'article L 112-3 du Code des assurances, que si le contrat d'assurance constitue un contrat consensuel parfait dès la rencontre des volontés de l'assureur et de l'assuré, sa **preuve** est subordonnée à la rédaction d'un **écrit** (Cass. Civ. I, 14/11/1995, 93-14.546), lequel peut être établi sur support électronique (Art. 1316-3 C.civil). Il en est également ainsi pour la **modification** du contrat qui doit faire l'objet d'un avenant (Art. L 112-2 C. Ass.)

Seule la signature de l'assuré rapporte la preuve que ce dernier a eu connaissance du contenu du contrat et a donné son consentement exprès sur les conditions prévues par la police.

En l'absence de police signée par l'assuré, toutes les clauses restrictives de garantie seront **inopposables** à l'assuré, aux bénéficiaires ou aux tiers exerçant l'action directe, sauf à l'assureur à rapporter la preuve que l'assuré en a eu connaissance et les avaient expressément acceptées par ailleurs (notamment par échange de correspondances…).

La signature est en principe portée en **bas des conditions particulières**, sous la mention selon laquelle l'assuré reconnaît avoir bénéficié de l'information précontractuelle et celle relative à la durée du contrat. La remise des documents d'information préalable doit faire l'objet d'une mention spéciale, datée et signée par l'assuré au bas de la police (Art. R 112-3 C. Ass.).

Si l'article L 112-4, al. 2 dispose que les clauses des polices édictant des nullités, déchéances ou exclusions ne sont valables que si elles sont mentionnées en **caractères très apparents**, cette exigence ne s'applique pas aux clauses définissant les conditions et les limitations des garanties contractuelles, ni aux nullités légales (Cass. Civ. II, 15/03/2007, 06-12104).

Dans beaucoup de contrats figure une clause selon laquelle la conclusion du contrat est subordonnée à la signature de la police par l'assuré, voire au paiement de la première prime.

2 - PASSATION DES MARCHÉS PUBLICS

Le décret du 27 février 1998 portant coordination des procédures de marchés publics, a soumis la conclusion des contrats d'assurance à la procédure de passation des marchés publics. L'article 2 de la loi MURCEF du 11/11/2001 dispose que les marchés passés en application du Code des marchés publics ont le caractère de contrats administratifs, comme précisé dans une circulaire du 24 décembre 2007.

Le contrat d'assurance peut donc être soumis au **Code des marchés publics**, dans la mesure où il est conclu à titre onéreux entre les pouvoirs adjudicateurs publics, tels que des collectivités territoriales ou des établissements publics, et des opérateurs économiques privés, pour répondre à leurs besoins en matière de fournitures de services d'assurance.

Sont donc concernées toutes les catégories d'assurances, de dommages ou de personnes. Les règles de mise en concurrence doivent porter uniquement sur les caractéristiques et le prix du produit d'assurance, indépendamment de son mode de distribution.

Les procédures applicables à la passation d'un marché public d'assurance sont soit formalisées (appel d'offres, procédure négociée, dialogue compétitif, concours), soit adaptées à la libre appréciation de la personne publique. En deçà d'un **seuil de primes de 40 000 € HT**, les marchés d'assurance peuvent être lancés sans formalités.

Le caractère administratif d'un contrat d'assurance entraîne la **compétence des juridictions administratives**, notamment pour statuer sur l'action directe de la victime contre l'assureur du responsable (Cass. Civ. I, 24/10/2018, 17-31306). À défaut de caractère administratif, le juge judiciaire doit surseoir à statuer sur cette action directe en attendant que la juridiction administrative ait statué sur la responsabilité de la personne publique (Tb. Conflits, 15/04/2013, C3892).

LA MODIFICATION DU CONTRAT

1 - MODIFICATION CONVENTIONNELLE DU CONTRAT D'ASSURANCE

Il peut être nécessaire de modifier le contenu du contrat d'assurance au cours de la vie de celui-ci, en vue de l'adapter, notamment, à l'évolution des risques.

Dans le cadre de leur obligation générale de conseil, il appartient aux professionnels de l'assurance de veiller à l'adaptation des garanties du contrat aux besoins de leur client (Cass. Civ. II, 17/11/2016, 15-24452 et 15-24890).

Selon l'article L 113-4 du Code des assurances :

- En cas **d'aggravation du risque** en cours de contrat telle que, si les circonstances nouvelles avaient été déclarées lors de la conclusion ou du renouvellement du contrat, l'assureur n'aurait pas contracté ou ne l'aurait fait que moyennant une prime plus élevée, l'assureur a la faculté de dénoncer le contrat, en respectant un préavis de 10 jours et en remboursant le trop-perçu de prime. Si l'assureur propose un nouveau montant de prime qui est refusé par l'assuré, il peut résilier le contrat au terme d'un délai de 30 jours à compter de la proposition, sauf s'il a manifesté son consentement au maintien de l'assurance.
- L'assuré a droit, en cas de **diminution du risque** en cours de contrat, à une diminution du montant de la prime. Si l'assureur n'y consent pas, l'assuré peut dénoncer le contrat. La résiliation prend alors effet 30 jours après la dénonciation. L'assureur doit alors rembourser à l'assuré la portion de prime ou cotisation afférente à la période pendant laquelle le risque n'a pas couru.

L'assureur doit rappeler les dispositions du présent article à l'assuré, lorsque celui-ci l'informe soit d'une aggravation, soit d'une diminution de risques.

La modification peut également porter sur l'objet de la garantie, en cas d'aliénation de la chose assurée, voire sur une augmentation ou une diminution des capitaux assurés et de la prime.
Dans la plupart des cas, cette modification est effectuée conventionnellement entre l'assureur et le souscripteur moyennant une révision du montant des primes. Sa preuve doit alors être établie par un **avenant signé** par l'assuré (Art. L 112-3, 5e), sauf si elle n'est pas contestée (Cass. Civ. II, 14 juin 2018, 17-10097).

2 - MODIFICATION DU CONTRAT PAR LE SILENCE DE L'ASSUREUR

Par dérogation à l'article 1120 du Code civil et hors le cas d'assurance-vie, l'article L 112-2, al. 5 du Code des assurances prévoit « ***qu'est considérée comme acceptée la proposition, faite par lettre recommandée, de prolonger ou de modifier un contrat ou de remettre en vigueur un contrat suspendu, si l'assureur ne refuse pas cette proposition dans les dix jours après qu'elle lui soit parvenue*** ».

Ce délai de 10 jours est extrêmement court pour permettre au service concerné d'une compagnie d'assurance d'avoir connaissance de la demande de modification et de prendre parti sur celle-ci. Le problème se pose de savoir si cette modification doit entrer, ou non, dans le cadre de la tarification initiale du contrat primitif.

Hors le cas de l'assurance-vie, une proposition portant sur le contenu des garanties, quelles que puissent en être la nature et la portée, faite par l'assuré par lettre recommandée à son assureur, constitue la modification prévue par l'article L 112-2, al. 5, du Code des assurances.

Ainsi, la garantie peut être étendue par le silence de l'assureur à une nouvelle activité : Cass. Civ. I, 15/06/1999, 97-17426, ou au remplacement d'un bien par un autre : véhicule : Cass. Crim., 01/03/90, 88-82445 ; immeuble : Cass. Civ. II, 03/05/2006, 04-13587.

En principe, le silence de l'assureur ne peut valoir acceptation que si la demande de l'assuré se rapporte à la modification d'un des éléments composant le contrat d'assurance initial, mais non s'il s'agit d'un risque totalement nouveau nécessitant la souscription d'un autre contrat, tel qu'un local totalement distinct (Cass. Civ. II, 03/09/2009, 08-19597).

Le mécanisme d'acceptation tacite ne concerne que les garanties accordées, mais non leur mise en œuvre, et ne peut s'appliquer à une demande de modification des modalités de paiement des cotisations (Cass. Civ. II, 03/10/2013, 12-21127).

LA PÉRIODE DE GARANTIE DU CONTRAT

La période de garantie ne coïncide pas nécessairement avec la durée du contrat d'assurance, notamment en matière d'assurance de responsabilité où l'on doit distinguer :

- la date du **fait générateur du dommage** : le fait ou la faute de l'assuré ;
- la date de **réalisation du dommage**, lorsque celui-ci ne se manifeste que postérieurement au fait générateur ;
- la **réclamation de la victime**, laquelle peut être encore beaucoup plus tardive.

Selon l'article 124-5 du Code des Assurances, applicable depuis la loi du 1er août 2003 de sécurité financière, la garantie est, selon le choix des parties, déclenchée soit par le fait dommageable, soit par la réclamation, mais elle est **toujours déclenchée par le fait dommageable lorsqu'elle couvre la responsabilité des personnes physiques** en dehors de leur activité professionnelle.

1 - FAIT DOMMAGEABLE (BASE « OCCURRENCE »)

Cette garantie couvre l'assuré contre les conséquences pécuniaires des sinistres, **dès lors que le fait dommageable survient entre la prise d'effet initiale de la garantie et sa date de résiliation ou d'expiration** (Art. 124-5, al. 3 , C.Ass.).

Ce type de garantie est celui qui protège le mieux l'assuré contre les conséquences de sa responsabilité civile, ainsi que la victime qui peut exercer son action directe tant que l'assureur est exposé au recours de son assuré.

2 - CLAUSE DE RÉCLAMATION (« CLAIM'S MADE »)

La garantie n'est due que si : (Art. L 124-5, al. 5, C. Ass.) :

- le fait dommageable est **antérieur à la date de résiliation ou d'expiration de la garantie** ;
- et que la **première réclamation est adressée à l'assuré ou à son assureur entre la prise d'effet initiale de la garantie et l'expiration d'un délai subséquent, d'une durée minima de cinq ans**, à compter de sa date de résiliation ou d'expiration.

Il s'agit de dispositions d'ordre public qui ne peuvent être modifiées par convention, même en cas de résiliation pour non-paiement de la prime (Cass. Civ. II, 12/12/2019, 18-12762).

3 - REPRISE DU PASSÉ INCONNU

Afin de sauvegarder le caractère aléatoire du contrat, la garantie ne couvre pas le sinistre si l'assureur établit que l'assuré avait eu connaissance du fait générateur du dommage à la date de la souscription de la garantie (Cass. Civ. III, 20/06/2019, 17-26383). De même, à cette date, l'assuré ne devra donc pas avoir été informé de ce que sa responsabilité est susceptible d'être engagée pour un fait antérieur (Cass. Civ. II, 05/10/2017, 16-14.218).

4 - GARANTIE SUBSÉQUENTE

L'assureur ne couvre les conséquences des sinistres, dès lors que le fait dommageable est antérieur à la date de résiliation ou d'expiration de la garantie et que la première réclamation est présentée entre la prise d'effet du contrat et l'expiration d'un délai minimum de 5 ans après son expiration, **que si la garantie n'a pas été resouscrite (L 124-5, al. 4, C. Ass.) ou l'a été sur la base du déclenchement par le fait dommageable**.

5 - CONTRATS SUCCESSIFS

Lorsqu'un même sinistre est susceptible de mettre en jeu les garanties apportées par plusieurs contrats successifs, la garantie déclenchée par le fait dommageable ayant pris effet postérieurement à la prise d'effet de la loi n° 2003-706 du 1er août 2003 de sécurité financière est appelée en priorité, sans qu'il soit fait application des règles du cumul d'assurances de l'article L. 121-4, al. 4 et 5.

6 - INFORMATION DE L'ASSURÉ

Avant la conclusion d'un contrat comportant des garanties de responsabilité, l'assureur doit remettre à l'assuré une **fiche d'information** décrivant le fonctionnement dans le temps des garanties et le contrat doit reproduire le texte du 3e ou du 4e alinéa de l'article L 124-5, relatif aux modalités de déclenchement du type de garantie applicable.

LA DURÉE DU CONTRAT D'ASSURANCE

1 - MENTION DE LA DURÉE DU CONTRAT DANS LA POLICE

La durée du contrat et les conditions de la résiliation sont fixées par la police (L 113-12, C. Ass.). L'article L 112-4 précise que « *la police doit indiquer le moment à partir duquel le risque est garanti et la durée de cette garantie.* » laquelle doit être mentionnée **en caractères très apparents dans la police** (L 113-15). Pour les contrats d'assurance de personne d'une durée supérieure à 3 ans, la durée doit être rappelée par une mention « apparente » au-dessus de la signature. L'inobservation de cette formalité entraîne l'inopposabilité de la clause à l'assuré, lequel aurait alors la faculté de résilier la police sans indemnité chaque année à la date anniversaire de la prise d'effet du contrat, moyennant préavis de 1 mois (Art. A 113.1 C. Ass.).

2 - PRISE D'EFFET DU CONTRAT

Le contrat d'assurance étant par nature un **contrat aléatoire**, il convient d'éviter que le risque soit réalisé au moment de sa souscription. C'est pourquoi les contrats sont classiquement assortis de différentes clauses fixant la prise d'effet du contrat à une date antérieure ou postérieure à sa conclusion :

- **Date antérieure,** à condition que l'assuré n'ait pas eu connaissance d'un fait de nature à engager la responsabilité de l'assureur.
- **Date différée :** notamment, lendemain à midi du paiement de la première prime…

Si le contrat est parfait dès l'échange des consentements, seule l'obligation de garantie de l'assureur est différée dans le temps.

C'est à l'assuré d'apporter la preuve, par tout moyen, que le sinistre s'est produit ultérieurement à la prise d'effet du contrat (Cass. Civ. 10/03/2004 n° 03-10154).

3 - TACITE RECONDUCTION

La police doit mentionner que la **durée de la tacite reconduction ne peut en aucun cas être supérieure à une année** (Art. L 113-15, al. 2, C. Ass.), ainsi que ses conditions.

Selon l'article L 113-15-1 du Code des assurances, la date limite d'exercice par l'assuré du droit à dénonciation du contrat doit être rappelée avec chaque avis d'échéance annuelle de prime ou de cotisation.
Lorsque cette information ne lui a pas été adressée, l'assuré peut mettre un terme au contrat, sans pénalités, à tout moment à compter de la date de reconduction en envoyant une lettre recommandée à l'assureur.
À défaut, dans un délai de 30 jours à compter de la date d'effet de la résiliation, la partie de prime ou de cotisation correspondant à la période pendant laquelle le risque n'a pas couru doit être remboursée à l'assuré.
Ces dispositions ne sont pas applicables aux assurances sur la vie et aux contrats de groupe mais le sont aux assurances collectives de dommages.

4 - LA RÉSILIATION POUR SINISTRE

La police peut prévoir, pour l'assureur, la **faculté de résilier le contrat après sinistre** (Art. R 113-10 C. Ass.). La résiliation ne peut alors prendre effet qu'à l'expiration d'un **délai de 1 mois** à dater de la notification à l'assuré. Il s'agit d'une **clause usuelle** dans la plupart des contrats qui permet à l'assureur de se « dégager » d'un risque qui lui apparaît plus lourd qu'il ne l'avait d'abord envisagé. Elle peut d'ailleurs être suivie de l'offre d'un nouveau contrat à des conditions plus onéreuses ou restrictives. La clause est applicable même si l'assuré n'est pas responsable du sinistre. Mais l'assureur qui, passé le délai de **1 mois** après qu'il a eu connaissance du sinistre, a accepté le paiement (ou une fraction) d'une prime ou cotisation, correspondant à une période d'assurance ayant débuté postérieurement au sinistre, ne peut plus se prévaloir de ce sinistre pour résilier le contrat.
Les polices doivent reconnaître à l'assuré le droit, dans le délai de 1 mois de la notification ou de la résiliation de la police sinistrée, de **résilier les autres contrats** d'assurance qu'il peut avoir souscrits auprès de l'assureur, la résiliation prenant effet **1 mois** à dater de la notification à ce dernier. L'assureur doit alors restituer les portions de primes afférentes à la période pour laquelle les risques ne sont plus couverts.

- La résiliation pour sinistre n'est **pas possible en matière d'assurance-automobile** (Art. A 211-1.2 C. Ass.), sauf si le sinistre a été causé par un conducteur en état d'alcoolémie ou sous l'emprise de stupéfiants, ou en cas de décision judiciaire ou administrative d'annulation ou de suspension de permis de conduire d'au moins 1 mois en cas d'infraction au Code de la route.
- **La résiliation ne doit pas revêtir un caractère abusif**, notamment si la sinistralité n'a pas augmenté (Cass. Civ. II, 18/01/2018, 16-26494).

LA TRANSMISSION DU CONTRAT D'ASSURANCE

1 - LA CONTINUATION DU CONTRAT EN CAS D'ALIÉNATION DE LA CHOSE ASSURÉE

En cas de **décès de l'assuré** ou **d'aliénation de la chose assurée**, **l'assurance continue de plein droit** au profit de l'héritier ou de l'acquéreur ; à charge pour celui-ci d'exécuter toutes les obligations dont l'assuré était tenu vis-à-vis de l'assureur en vertu du contrat (Art. L 121-10 C. Ass.).

Le transfert de propriété peut intervenir entre **vifs**, ou à cause de **mort**, à titre **onéreux ou gratuit** : vente, donation, apport en société… (Cass. Civ. II, 13/07/2005, 03-12.533 ; Dalloz 2005, IR, p. 2337).

La transmission est **automatique** et a lieu **de plein droit**, même si le propriétaire du bien ignore l'existence de la garantie.

L'assurance doit porter sur une chose déterminée, même s'il s'agit d'une assurance de responsabilité lorsque celle-ci est liée au bien aliéné. La cession des actifs d'une entreprise dans le cadre d'une procédure de redressement judiciaire entraîne donc nécessairement celle des contrats d'assurance qui en sont l'accessoire (Cass. Civ. II, 24/10/2019, 18-15994).

En cas de sinistre survenu après une promesse de vente portant sur un bien immobilier assuré, il y a, en principe, transmission au profit de l'acquéreur de l'ensemble des droits nés du contrat d'assurance précédemment souscrit par le vendeur (Cass. Civ. III, 07/03/2019, 18-10973 – Cass. Civ. III, 07/05/2014, 13-16400). C'est donc l'acheteur qui bénéficiera de l'indemnité.

Toutefois, **l'acquéreur reste tenu d'exécuter toutes les obligations dont l'assuré était tenu à l'égard de l'assureur** en vertu du contrat : déclaration des aggravations de risques, paiement de la prime…

L'assureur pourra opposer à l'acquéreur toutes les exceptions qu'il aurait pu opposer au vendeur, notamment la nullité de la police, la règle proportionnelle de taux de prime, la suspension de la garantie, la compensation de primes etc.

Il est loisible, toutefois, soit à l'assureur, soit à l'héritier ou à l'acquéreur de **résilier le contrat**. L'assureur peut le faire dans un **délai de trois mois** à partir du jour où l'attributaire définitif des objets assurés a demandé le transfert de la police à son nom. Il ne peut être prévu le paiement d'une indemnité à l'assureur.

Le fait, pour l'acquéreur, de souscrire un nouveau contrat auprès du même assureur peut témoigner de l'accord des parties pour résilier le contrat initialement souscrit par le vendeur, même si ce dernier n'a pas respecté les modalités de résiliation de l'article. L 113-14 du Code des Assurances (Cass. Civ. II, 07/10/2010, 09-16763).

2 - LA CHARGE DU PAIEMENT DE LA PRIME EN CAS D'ALIÉNATION DE LA CHOSE ASSURÉE

En cas d'aliénation de la chose assurée, **celui qui aliène reste tenu vis-à-vis de l'assureur au paiement des primes échues**, mais il est libéré même comme garant des primes à échoir à partir du moment où il a informé l'assureur de l'aliénation par lettre recommandée ou par envoi électronique (Art. L 121-10, al. 3, C. Ass.).
Tant que l'aliénateur n'a pas informé l'assureur de l'aliénation par lettre recommandée, il reste **caution solidaire** et tenu au paiement des primes, sauf s'il parvient à établir que l'assureur avait eu connaissance de l'aliénation par un autre moyen.
En cas de transmission à cause d'un décès, si les dettes successorales se divisent en principe entre les héritiers, l'article L 121-10, al. 4, dispose que lorsqu'il y a plusieurs héritiers ou plusieurs acquéreurs et si l'assurance continue, ils sont **solidairement tenus** du paiement des primes.

3 - SUSPENSION DU CONTRAT EN CAS D'ALIÉNATION D'UN VÉHICULE À MOTEUR OU D'UN BATEAU DE PLAISANCE

En cas d'aliénation d'un véhicule terrestre à moteur ou de ses remorques ainsi que d'un navire ou bateau de plaisance, le contrat d'assurance est **suspendu de plein droit à partir du lendemain**, **à zéro heure**, **du jour de l'aliénation** : il peut être résilié, moyennant **préavis de 10 jours**, par chacune des parties (Art. L 121-11, C. Ass.).
À défaut de remise en vigueur du contrat par accord des parties ou de résiliation par l'une d'elles, la résiliation **intervient de plein droit à l'expiration d'un délai de 6 mois** à compter de l'aliénation dont l'assuré doit informer l'assureur par lettre recommandée. Il ne peut être prévu le paiement d'une indemnité à l'assureur dans ces cas de résiliation (Art. L 121-1, al. 3, C. Ass.).

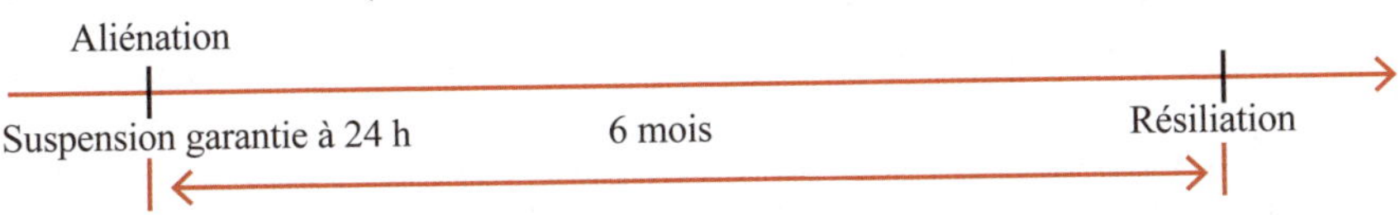

L'assuré doit informer l'assureur, par envoi recommandé ou électronique de la date d'aliénation.

FICHE 18 LA RÉSILIATION DU CONTRAT D'ASSURANCE PAR L'ASSURÉ

1 - LA FIN DU CONTRAT EN CAS DE PERTE DE LA CHOSE ASSURÉE

En cas de perte totale de la chose assurée résultant d'un événement non prévu par la police, **l'assurance prend fin de plein droit** et l'assureur doit restituer à l'assuré la portion de la prime payée d'avance et afférente au temps pour lequel le risque n'est plus couru (Art. L 121-9 C. Ass.).

2 - LA FACULTÉ DE RÉSILIATION POUR CIRCONSTANCES EXCEPTIONNELLES

En cas de survenance d'un des événements suivants :

- **changement de domicile**, permettant notamment la résiliation des contrats multi-risques habitation…
- **changement de situation matrimoniale** : mariage, divorce…
- **changement de régime matrimonial**…
- **changement de profession** pour les risques garantis du fait de l'activité professionnelle, retraite ou cessation définitive d'activité.

Le contrat **peut être résilié par chacune des parties** lorsqu'il a pour objet la garantie de risques en relation directe avec la situation antérieure, à condition qu'ils ne se retrouvent pas dans la situation nouvelle (Art. L 113-16 C. Ass.).

Ainsi, en cas de déménagement, le risque incendie peut se retrouver dans le nouveau logement. C'est à l'assuré de rapporter la preuve que le risque initialement garanti ne se retrouve pas dans la situation nouvelle.

3 - LES MODALITÉS DE RÉSILIATION

La résiliation ne peut intervenir que dans les **trois mois suivant la date de l'événement** par l'envoi d'une lettre recommandée ou d'un envoi recommandé électronique, avec demande d'avis de réception, si la résiliation est à l'initiative de l'assuré, ou de l'envoi d'une lettre recommandée avec demande d'avis de réception si elle est à l'initiative de l'assureur (Art. R 113-6 C. Ass.).
La résiliation prend effet **un mois** après que l'autre partie au contrat en a reçu notification. Il ne peut être prévu le paiement d'une indemnité à l'assureur, et ce dernier doit rembourser à l'assuré la partie de prime ou de cotisation correspondant à la période pendant laquelle le risque n'a pas couru, périodes calculées à compter de la date d'effet de la résiliation. Ces dispositions ne sont pas applicables aux assurances sur la vie ou les travaux de construction (Art. L 243-7 C. Ass.).

4 - FACULTÉ DE RÉSILIATION ANNUELLE

L'assuré a le droit de résilier le contrat à l'expiration d'un **délai d'un an**, par **envoi recommandé à l'assureur** au moins **deux mois** (date du cachet de la poste) avant la date d'échéance (Art. L 113-12 C. Ass.).

- Ce droit appartient dans les mêmes conditions à l'assureur.
- Le délai de résiliation court à partir de la date figurant sur le cachet de la poste.
- Ce droit de résiliation du contrat tous les ans doit être **rappelé dans chaque police**.
- Il peut être dérogé à cette règle : dans les contrats individuels d'assurance-maladie ; pour les risques autres que ceux des particuliers (entreprises) ; en matière d'assurance-vie, résiliable à tout moment.

Pour les contrats à tacite reconduction couvrant les particuliers, la date limite d'exercice par l'assuré du droit à dénonciation du contrat doit être rappelée avec chaque avis d'échéance annuelle de prime. À défaut, l'assuré peut résilier à tout moment par envoi recommandé (Art. L 113-15.1 C. Ass.).

5 - FACULTÉ DE RÉSILIATION À TOUT MOMENT

Depuis le 1er janvier 2015, **les particuliers peuvent, à l'expiration d'un délai d'un an à compter de la première souscription, résilier les contrats d'assurance tacitement reconductibles à tout moment, avec un préavis d'un mois**.
Pour l'assurance automobile et des risques locatifs obligatoires, le nouvel assureur effectue lui-même les formalités de résiliation et s'assure de la permanence de la couverture durant la procédure (Art. L 113-15-2 C. Ass.)

6 - LA RÉSILIATION DE L'ASSURANCE EMPRUNTEUR (ART. L 113-12-2 C. ASS.)

L'assuré peut résilier le contrat d'assurance emprunteur dans un délai de 12 mois à compter de la signature de l'offre de prêt par envoi recommandé, en notifiant la décision d'acceptation ou de refus, laquelle doit être donnée par le prêteur dans un délai de 10 jours à compter de la réception d'un autre contrat d'assurance présentant des garanties équivalentes (Art. L 313-30 C. Conso).
Il est également résiliable à chaque date anniversaire du contrat, en respectant alors un préavis de 2 mois (Art. L 113-12, al. 2, C. Ass.).
En cas d'acceptation par le prêteur, la résiliation du contrat d'assurance prend effet 10 jours après la réception par l'assureur de la décision du prêteur ou à la date de prise d'effet du contrat accepté en substitution par le prêteur si celle-ci est postérieure. En cas de refus par le prêteur, le contrat d'assurance n'est pas résilié.
Ce droit de résiliation appartient exclusivement à l'assuré.

FICHE 19 L'OBJET DE LA GARANTIE

1 - LE CHOIX DE LA GARANTIE

L'objet de la garantie est fixé d'un commun accord dans le contrat, pour répondre aux besoins de protection plus ou moins étendus de l'assuré, selon qu'il s'agit d'un particulier, d'une personne morale, d'une entreprise ou d'une collectivité territoriale. Il ne porte que sur des **dommages causés** par des **événements ou à l'occasion d'une activité déterminée**.

Le montant de la prime étant directement proportionnel à l'étendue de la garantie, l'assuré peut choisir de conserver totalement ou partiellement certains risques à sa charge (**sous-assurance**). De son côté, l'assureur n'acceptera pas de prendre à sa charge la multiplicité de petits sinistres inférieurs au montant de sa **franchise**, et des sinistres dépassant un certain **plafond**. L'objet et les limitations de la garantie sont, en principe, opposables à la victime, à condition d'être expressément prévus dans la police et de ne pas être contraires aux clauses-type, notamment en matière d'assurances obligatoires.

L'assureur ou les intermédiaires d'assurance ont un rôle important à jouer dans leur **devoir de conseil**, afin d'aider l'entreprise à gérer ses risques (*risk management*), et dans ses choix de garanties adaptées.

2 - PERTE D'UNE CHOSE

Indemnisation dans le patrimoine de l'assuré ou dans l'actif de l'entreprise :

Pertes matérielles directes	Pertes immatérielles, dites indirectes
Dommages aux biens causés par : • Incendie, explosion, vol, vandalisme • Dégât des eaux, bris de glaces… • Événements accidentels (tous risques) • Catastrophes naturelles • Avaries marchandises transportées • Bris de machine • Tous risques chantier (TRC) • Dommages à l'ouvrage • Pollution : frais de décontamination • Frais de retrait ou rappel de produits...	• Pertes d'exploitation après un sinistre • Pertes de loyers ou de revenus (en cas de non paiement par un locataire…) • Frais de reconstitution de médias (risque informatique) • Frais de reconstitution de dossiers (risques professionnels) • Assurance crédit (en cas d'insolvabilité de son débiteur) • Assurance caution • Assurance annulation de voyage, spectacle ou manifestation sportive

3 - DETTE DE RESPONSABILITÉ

Le patrimoine d'un individu constituant le gage général de ses créanciers est exposé à une dette, en raison de dommages causés à des tiers et qui engagent sa responsabilité (Art. 2284 et 2285 Code civil).

Pour les particuliers	Pour les entreprises
• Assurance chef de famille : multirisques habitation (15 % des encaissements) • Risques locatifs • Assurance-automobile (près de 50 % des encaissements) • Dommage-ouvrage • Automobile	• Responsabilité civile exploitation • RC après travaux ou après livraison • Responsabilités professionnelles • Responsabilité des dirigeants La garantie responsabilité civile de l'entreprise n'est garantie que pour l'activité prévue au contrat.

4 - ASSURANCES DES PERSONNES

Personnes des particuliers	Personnes des entreprises
• Versement d'un capital ou d'une rente, remboursement d'emprunt : – en cas de vie à une date donnée (retraite) ; – en cas de décès avant une date donnée (temporaire décès). • Versement d'indemnités journalières : – assurances contre l'invalidité en cas d'accident corporel ou de maladie, risque de dépendance ; – assurances chômage.	• Organisation d'un régime de prévoyance sociale complémentaire obligatoire ou facultatif. • Protection de l'entreprise en cas de disparition d'un homme clé. • Transmission de PME (versement d'un capital aux associés ou héritiers repreneurs).

5 - OBLIGATIONS DE FAIRE

Assistance	Rapatriement, dépannage, perte de clés…
Risque de dépendance	Organisation matérielle de la vie d'une personne dépendante (5e risque…).
Protection juridique	Défense juridique des intérêts de l'assuré, à distinguer de la clause de direction du procès.

LES CONDITIONS DE GARANTIE

1 - DÉFINITION DES CONDITIONS DE GARANTIE

Il s'agit de clauses contractuelles qui subordonnent la garantie de l'assureur à l'exigence de certaines **conditions expressément prévues** dans le contrat d'assurance, telles le respect de mesures de prévention par l'assuré (Cass. Civ. II, 18/01/2018, 16-22869 et 16-25198), ou des circonstances déterminées.

Ces clauses permettent de limiter la sinistralité, notamment en imposant à l'assuré des mesures obligations particulières, et en l'incitant à la prudence et à la vigilance. De son côté, l'assuré peut avoir intérêt à accepter de telles conditions de garantie, de manière à baisser le montant de la prime.

Elles permettent également de délimiter le risque et s'articulent avec les « exclusions de risques » qui doivent respecter un formalisme particulier.

EXEMPLES :

La garantie du contrat d'assurance-vol ne sera applicable qu'en cas d'effraction (Cass. Civ. II, 20/05/2020, 19-12239) ou que si les locaux sont pourvus de dispositifs de protection déterminés et d'**alarme décrits dans la police, et enclenchés au moment du sinistre**. La garantie incendie est soumise à la condition que l'entreprise ait respecté son obligation de vérification annuelle de ses installations électriques. La garantie bris de machine ne sera acquise que si l'assuré a souscrit un contrat de maintenance de son matériel. La garantie d'un constructeur peut être subordonnée à une étude technique (Cass. Civ. III, 22/11/2018, 17-22112) ou à la déclaration d'une mission d'architecte (Cass. Civ. III, 01/10/2020, 18-20809, 19-18165).

Les clauses d'un contrat exposant en termes généraux l'étendue de la garantie souscrite au titre de la « responsabilité civile familiale » et plaçant hors de son champ les dommages causés à certains tiers déterminés constituent une condition de garantie (Cass. Civ. II, 15/05/2008, 07-14404).

2 - PORTÉE DES CONDITIONS DE GARANTIE

La garantie n'est acquise que si le sinistre intervient dans les conditions et circonstances prévues. Toutefois, les parties peuvent stipuler que si certaines conditions ne sont pas réunies, l'indemnité sera réduite de façon déterminée, ou assortie d'une franchise particulière.

Les conditions de garantie sont opposables aux tiers bénéficiaires.

L'assureur peut également **renoncer** à se prévaloir de l'absence d'une condition de garantie, si sa renonciation est formellement établie. Il en est ainsi lorsque l'assureur a dirigé le procès diligenté contre son assuré, a participé à des opérations d'expertise ou payé sans réserve, en connaissance de cette absence de condition (L 113-17 C. Ass.).

3 - LA PREUVE DES CONDITIONS DE GARANTIE

Ces clauses peuvent être aménagées **librement**, mais doivent être **prévues de manière expresse, claire et précise** dans la police, afin que l'assuré sache exactement quelles sont ses obligations. **L'assureur doit rapporter la preuve qu'il a précisément porté ces conditions à la connaissance de l'assuré avant la survenance du sinistre, et que ce dernier les a acceptées** (Art. L 122-2, L 112-3, L 112-4 C. Ass. : Cass. Civ. II, 22/01/2009, 07-21530). Mais, à la différence des exclusions de risques, elles n'ont pas à être rédigées en caractères « très apparents ».

Conformément à l'article 1353, al. 1, du Code civil et à l'article 9 du Code de procédure civile, **c'est en principe à l'assuré qui revendique le bénéfice du contrat, de rapporter la preuve de la réunion des éléments de fait de la condition de garantie** (Cass. Civ. I, 06/04/2016, 14-29611 – Cass. Civ. II, 24/05/2006, 04-20804 – vol – Cass. Civ. I, 29/10/2002, 99-10650).

Une condition de garantie peut donc se révéler défavorable à l'assuré, dans la mesure où il se trouve dans l'impossibilité pratique de rapporter cette preuve (impossibilité de rapporter la preuve d'une effraction, ou de la mise en fonction d'un système d'alarme d'un camion dérobé sur le territoire étranger…).

C'est pourquoi la jurisprudence requalifie parfois souverainement certaines conditions de garantie en clauses d'**exclusions indirectes de risques**, de manière à renverser la charge de la preuve en faveur de l'assuré (Cass. Civ. II, 09/07/2009, 08-13780). Ainsi, la condition de garantie des dommages causés par des fuites provenant de canalisations enterrées a été requalifiée en clause d'exclusion indirecte des dommages causés par des canalisations non enterrées et comme telle soumise aux exigences de l'article L 113-1.

Obéit au régime des exclusions de risques toute condition de garantie insuffisamment formelle et limitée (Cass. Civ. III, 26/03/2008, 07-14406 – Cass. Civ. II, 06/10/2011,10-10001).

LES EXCLUSIONS LÉGALES DE RISQUES

1 - RISQUE DE GUERRE

L'assureur ne répond pas, sauf convention contraire, des pertes et dommages occasionnés soit par une **guerre étrangère**, soit par la **guerre civile**, soit par des **émeutes** ou par des **mouvements populaires**. Lorsque ces risques ne sont pas couverts par le contrat, l'assuré doit prouver que le sinistre résulte d'un fait autre que le fait de guerre étrangère ; il appartient à l'assureur de prouver que le sinistre résulte de la guerre civile, d'émeutes ou de mouvements populaires (Art. L 121-8 C. Ass.).

2 - EXCLUSION LÉGALE DE LA FAUTE INTENTIONNELLE OU DOLOSIVE

Conséquence du caractère aléatoire du contrat d'assurance, l'assureur ne répond pas des pertes et dommages provenant d'une **faute intentionnelle ou dolosive** de l'assuré (Art. L 113-1 C. Ass.). Cette faute suppose l'**intention de causer le dommage tel qu'il est survenu**, et pas seulement d'en créer le risque de nature à faire disparaître tout aléa (Cass. Civ. II, 08/03/2018, 17-15143 – Cass. Civ. III, 13/07/2016, 15-20512, 15-24654 – Cass. Civ. III, 01/07/2015, 14-13403, 14-10210, 14-11971, 14-17230).
La condamnation pénale de l'assuré pour un incendie volontaire n'implique pas qu'il ait recherché le dommage tel qu'il est survenu (Cass. Civ. II, 16 janvier 2020, 18-18909).
La faute intentionnelle et la faute dolosive sont autonomes, chacune justifiant l'exclusion de garantie dès lors qu'elle fait perdre à l'opération d'assurance son caractère aléatoire (*fautes dolosives : Suicide au gaz*, Cass. Civ. II, 20 mai 2020, 19-11538 – *Défaut d'entretien*, Cass. Civ. II, 25 octobre 2018, 16-23103).
Même s'il est possible d'exclure conventionnellement la **faute lourde** de la garantie, celle-ci reste assurable, comme la faute pénale lorsqu'elle n'implique pas la volonté de créer le dommage : homicide et blessures involontaires.
Cette exclusion légale reste **opposable aux victimes**.

3 - GARANTIE DE LA FAUTE INTENTIONNELLE DES PERSONNES DONT L'ASSURÉ DOIT RÉPONDRE

L'assureur est garant des pertes et dommages causés par des personnes dont l'assuré est civilement responsable en vertu de l'article 1242 du Code civil, quelles que

soient la **nature et la gravité des fautes de ces personnes** (Art. L 121-2 C. Ass.). L'assureur de responsabilité doit donc couvrir les dommages causés à des tiers par les fautes intentionnelles commises par toutes les personnes dont l'assuré doit répondre : enfants, préposés, membres d'association… (Cass. Civ. II, 04/10/2006, 05-11823 ; *Détournements ou malversations par un préposé* : Cass. Civ. II, 08/03/2006, 04-17916 – *Viol par un mineur* : Cass. Civ. II, 30/06/2011, 09-14227).
Ce principe ne porte pas atteinte à la **liberté des parties dans la détermination du risque assuré** : les exclusions de garantie sont, en principe, applicables également aux personnes dont l'assuré doit répondre (*Risque automobile* : Cass. Civ I., 15/12/1998, 96-15580 – *Émeutes* : Cass. Civ II, 22/11/2012, 11-19524 et 11-19807).
Toutefois, est nulle l'exclusion indirecte de risque subordonnant la mise en jeu de la garantie au **caractère accidentel du dommage** causé par les personnes dont l'assuré doit répondre (*Violences* : Cass. Civ. I, 12/03/1991, 88-12441 – *Vol* : Cass. Civ. I, 24/03/1992, 90-17862 – Cass. Civ. I, 04/11/1992, 90-18445).

4 - L'EXCLUSION DE LA FAUTE INTENTIONNELLE DANS LES ASSURANCES DE PERSONNES

L'exclusion légale serait applicable à un assuré qui se mutilerait volontairement afin de bénéficier d'une indemnité de la part de son assureur.

Le suicide

« L'assurance en cas de décès est de nul effet si l'assuré se donne volontairement et consciemment la mort au cours de la première année du contrat » (Art. L 132-7 Code Ass.), sauf pour les contrats d'assurance de groupe.

> *L'assurance en cas de décès doit couvrir le risque de suicide à compter de la deuxième année du contrat, et dès la souscription pour les contrats groupe garantissant le remboursement d'un prêt destiné à financer l'acquisition du logement principal de l'assuré.*

Le meurtre de l'assuré par le bénéficiaire

Le contrat d'assurance cesse d'avoir effet à l'égard du bénéficiaire qui a été condamné pour avoir donné volontairement la mort à l'assuré (Art. L 132-24, al. 1, C. Ass.). Si le bénéficiaire a tenté de donner la mort à l'assuré, le contractant a le droit de révoquer l'attribution du bénéfice de l'assurance, même si le bénéficiaire avait déjà accepté la stipulation faite à son profit.

LES EXCLUSIONS CONVENTIONNELLES DE RISQUES

1 - DÉFINITION DE L'EXCLUSION CONVENTIONNELLE DE RISQUE

Les pertes et les dommages occasionnés par des cas fortuits ou causés par la faute de l'assuré sont à la charge de l'assureur, **sauf exclusion formelle et limitée contenue dans la police** (Art. L 113-1 C. Ass.). Comme les conditions de garantie, les clauses exclusions permettent de **délimiter le risque** pris en charge par l'assureur.

L'assureur peut librement exclure la garantie de biens ou de dommages déterminés, de faits générateurs ou de personnes limitativement et formellement énumérés dans la police, à condition de ne pas vider l'obligation « essentielle » du contrat de sa substance. Ainsi, les polices RC après livraison excluent classiquement les dommages subis par la chose vendue elle-même (Cass. Civ. II, 02/03/2017, 16-12120 ; Cass. Civ. II, 20/11/2015, 13-22727), mais non les dommages causés par la chose (Cass. Civ. III, 02/06/2016, 15-10898, 15-11341).

Conformément à l'article 1353, al. 2, du Code civil, c'est à l'assureur, qui entend s'exonérer de son obligation de garantie de « **démontrer la réunion des conditions de fait de l'exclusion invoquée** » (Cass. Civ. II, 29/06/2017, 16-12154 – Cass. Civ. II, 23/05/2019, 18-15568).

2 - DISTINCTION ENTRE EXCLUSION DIRECTE ET EXCLUSION INDIRECTE

L'**exclusion directe** de risque est celle qui est formellement visée en tant que telle dans la police, tandis que l'**exclusion indirecte** peut résulter de la formulation d'une condition de garantie qui aurait pour effet d'exclure la garantie de certains risques (Cass. Civ. II, 09/07/2009, 08-13780).

Ainsi, selon sa formulation, la clause qui prive l'assuré du bénéfice de la garantie des risques de vol en l'absence d'effraction peut s'analyser soit comme une exclusion de risque dont la preuve doit demeurer à la charge de l'assureur (Cass. Civ. I, 02/04/1997, 95-13928), soit comme une condition de garantie dont la preuve incombe à l'assuré (Cass. Civ. II, 20/05/2020, 19-12239).

Si la clause de condition de garantie est requalifiée en clause d'exclusion indirecte de risque, c'est à l'assureur de rapporter la preuve de l'exclusion pour se libérer de son obligation de garantie (Cass. Civ. II, 23/10/2019, 18-14140 ; Cass. Civ. I, 15/10/1980, 79-17075), sachant que les clauses d'exclusion tant directes qu'indirectes doivent être formelles et limitées.

3 - CONDITIONS DE VALIDITÉ DE LA CLAUSE D'EXCLUSION DE RISQUE

Caractère formel

Les clauses édictant des nullités, des déchéances ou des exclusions ne sont valables que si elles sont mentionnées en **caractères très apparents**, c'est-à-dire se détachant du reste du texte (L 112-4 C. Ass. – Cass. Civ. II, 24/05/2018, 17-16431). Une clause d'exclusion ambiguë et équivoque doit être considérée comme insuffisamment formelle et limitée et doit être **interprétée en faveur de l'assuré** (Cass. Civ. II, 16/07/2020, 19-15676 ; Cass. Civ. III, 13/06/2019, 18-14817).

Caractère limité

L'exclusion de risque ne doit pas permettre à l'assureur de reprendre insidieusement d'une main la garantie qu'il avait ouvertement accordée de l'autre (Cass. Civ. III, 14/12/2017, 16-18188). Elle ne doit pas vider le contrat de toute substance et doit se référer à des critères suffisamment précis permettant à l'assuré de connaître l'étendue exacte de la garantie (Cass. Civ. II, 13 /06/2019, 18-18267 et 18-14817).
Sont insuffisamment limitées : une clause excluant l'éthylisme (Cass. Civ. II, 13 juin 2019, 18-18267), une clause excluant la pratique de la voile (Cass. Civ. II, 12/04/2012, 10-20831), le défaut d'entretien (Cass. Civ. II, 12/12/2013, 12-29862), sauf s'il fait disparaître l'aléa (Cass. Civ. II, 25/10/2018, 16-23103), ou les dommages résultant d'une *inobservation volontaire ou inexcusable, des règles de l'art* (Cass. Civ. III, 24/11/2016, 15-25415 – Cass. Civ. III, 19/09/2019, 18-19616).
En revanche, la clause excluant de la garantie « *les modifications d'aspect, de caractère esthétique, relatives notamment à la couleur ou à la forme* » ne vident pas le contrat de sa substance dès lors que le vice d'une ardoise n'affecte pas inévitablement sa couleur ou sa forme (Cass. Civ. III, 16/11/2017, 16-21278).

4 - EFFETS DE L'EXCLUSION DE RISQUE

L'exclusion d'un risque déterminé du champ de la garantie entraîne sa **non-assurance**. La garantie n'est due ni à l'assuré, ni à la victime, ni aux autres bénéficiaires (Cass. Civ. III, 13 février 2020, 19-11272 ; Cass. Civ. II, 27/03/2014, 13-16126).
En revanche, **les clauses d'exclusion de risques non formelles et non limitées doivent être déclarées nulles et non-écrites** et, dans tous les cas, inopposables à l'assuré ou au tiers bénéficiaire (Cass. Civ. II, 12/12/2013, 12-25777). Les conditions de garantie et les exclusions de risques ne doivent pas être confondues avec la **déchéance** de garantie, sanction prévue par la police en cas de faute commise par l'assuré dans l'exécution de ses obligations après la réalisation du sinistre, et inopposable à la victime dans les assurances de responsabilité (Art. R 124-1 C. Ass.).

LA DÉTERMINATION DE LA PRIME

La prime (ou cotisation pour les mutuelles) est la **contrepartie de l'obligation d'indemnisation** de l'assureur. La masse des primes collectées par l'assureur permet de couvrir le montant des sinistres subis par ses assurés, les frais de gestion, les taxes, et de rémunérer l'assureur.

1 - LE CALCUL DE LA PRIME

La **prime pure**, ou technique, correspond à la partie de la prime collectée par l'assureur qui va permettre le règlement des sinistres. Elle est fonction d'un « taux de prime » et de l'assiette des capitaux assurés, selon la formule suivante :

Prime pure = taux de prime × capitaux assurés

La détermination du taux de prime est calculée par des actuaires en fonction de la **fréquence** et du **coût moyen des sinistres**, sur des bases mathématiques et statistiques. En divisant le coût total des sinistres par leur nombre, on arrive à un coût moyen théorique pour un exercice donné.

Taux de prime = fréquence × coût moyen des sinistres

2 - ASSIETTE DE LA PRIME

- **La prime est fonction du montant prévisible du risque à garantir, lequel résulte des déclarations de l'assuré et repose sur des éléments statistiques.** Elle dépend souvent de la nature et du volume de l'activité de l'entreprise, et il appartient à celle-ci de déclarer régulièrement son chiffre d'affaires (prime ajustable) ou ses existences variables (stocks, véhicules…).
- En **assurance de responsabilité**, la prime est basée sur le montant du Sinistre Maximum Possible (SMP) et l'importance des risques garantis, lesquels sont très variables selon qu'il s'agisse d'un particulier ou d'une entreprise, en fonction de l'activité déclarée. Mais il y a possibilité de fixer des plafonds de garanties qui constituent la limite de l'engagement de l'assureur, sauf pour les assurances obligatoires où le plafond est imposé par la réglementation.
- En **assurance de personnes**, la prime dépend du montant forfaitaire des capitaux assurés, ainsi que des caractéristiques des risques particuliers auxquels se trouve exposé l'assuré, notamment du fait de son âge, de son état de santé ou de son exposition particulière à certains risques.

3 - RÈGLE PROPORTIONNELLE DE TAUX DE PRIME EN CAS DE DÉCLARATION INEXACTE DU RISQUE

En cas de **déclaration inexacte du risque par l'assuré**, le taux de prime pourra n'avoir pas été ajusté au risque à garantir. Si l'assureur peut apporter la preuve de la mauvaise foi dans la déclaration du risque, la **nullité du contrat** est encourue sur le fondement de l'article L 113-8 du Code des assurances à condition qu'elle ait influencé l'opinion du risque pour l'assureur (Cass. Civ. II, 13/01/2012, 11-11114). En revanche, **en cas d'absence de preuve de mauvaise foi**, l'article L 113-9, al. 3 du Code des assurances prévoit que « *l'indemnité due après un sinistre sera réduite en proportion du taux des primes payées par rapport au taux des primes qui auraient été dues si les risques avaient été complètement et exactement déclarés.* »

$$\textbf{Indemnité réduite} = \frac{\textbf{Dommage} \times \textbf{Taux des primes payées}}{\textbf{Taux des primes dues}}$$

La sanction de la règle proportionnelle de taux de prime de l'article L 113-9 du Code des assurances doit être distinguée de la ***règle proportionnelle de capitaux*** visée par l'article L 121-5 du même code, en cas de sous-assurance, laquelle n'est pas une sanction puisque chaque assuré peut être considéré comme son propre assureur pour l'excédent. En cas de désaccord, c'est au juge de fixer le montant de la prime qui aurait été due (Cass. Civ. III, 17/04/2013, 12-14409).

4 - CHARGEMENTS DE LA PRIME

Le **chargement commercial** comprend les frais de gestion, de production et de rémunération de l'assureur et de ses intermédiaires, ainsi que le **chargement fiscal** (taxe sur les assurances) et diverses taxes parafiscales par contrat, notamment pour financer divers fonds de garantie…

5 - AJUSTEMENT DE LA PRIME EN CAS DE MODIFICATION DU RISQUE EN COURS DE CONTRAT

En cas d'**aggravation de risque**, l'assureur a le droit de proposer un nouveau montant de prime (elle doit être baissée en cas de diminution) (Art. L 113-4, 4e, C. Ass.). Si les parties ne consentent pas à cet ajustement, il peut y avoir résiliation de la police, avec remboursement de la prime pour la période pendant laquelle le risque n'a pas couru, moyennant préavis de 30 jours.

Pour qu'un assureur reste « viable » il est nécessaire que le coût des sinistres divisé par le total des primes encaissées (**ratio S/P**) soit inférieur à 1. Ce ratio peut être calculé globalement ou pour un assuré donné.

FICHE 24 LE PAIEMENT DE LA PRIME

1 - EXIGIBILITÉ DE LA PRIME

La prime est, en principe, **due par l'assuré à chaque début de période d'assurance**. Le paiement peut également intervenir, par **compensation avec les indemnités** éventuellement dues par l'assureur à la suite d'un sinistre, dans les conditions prévues par les articles 1347 et suivants du Code civil.

À chaque échéance de prime, l'assureur est tenu d'aviser l'assuré, ou la personne chargée du paiement des primes, de la date de l'échéance et du montant de la somme dont il est redevable. En cas de défaut de paiement de prime à son échéance, le **droit commun est inapplicable à la résiliation d'un contrat d'assurance**, laquelle doit respecter la **procédure formaliste** de l'article L 113-3 du Code des assurances.

2 - RÉSILIATION DE LA POLICE POUR DÉFAUT DE PAIEMENT DE PRIME

Mise en demeure

L'assureur doit adresser une **mise en demeure** par **lettre recommandée** à la personne chargée du paiement de la prime (R. 113-1 C. Ass.), manifestant son intention de suspendre sa garantie et de résilier sa police.

Délais

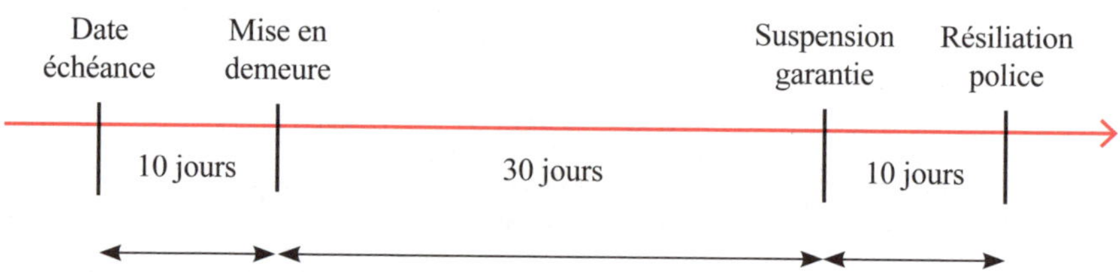

• **Suspension de la garantie**

À défaut de paiement, la **garantie est suspendue 30 jours après l'envoi de la mise en demeure par lettre recommandée**, le jour de l'envoi n'étant pas compté.

La **suspension n'affecte que la garantie**, et non l'obligation pour l'assuré de payer le montant des primes, et est **opposable à tous**, y compris aux tiers victimes dans l'assurance-automobile (Art. R 211-13, 2e, C. Ass.). Elle peut être remise en vigueur à midi le lendemain du jour où ont été totalement payées à l'assureur, ou à son mandataire, les primes arriérées. En cas de prime fractionnée, la suspension de garantie prend fin à l'expiration de la période annuelle.

- **Résiliation du contrat**

La résiliation met le contrat à néant et est opposable à tous.

Elle ne peut intervenir que **10 jours après l'expiration de la période de suspension de 30 jours**, **c'est-à-dire 40 jours après la mise en demeure**. En pratique, l'assureur peut suspendre sa garantie et résilier la police dans la même lettre recommandée de mise en demeure.

L'assureur a néanmoins la possibilité d'exiger le paiement des primes échues à la date de la résiliation. L'encaissement sans réserve d'une prime impayée, après la résiliation de la police pour défaut de paiement, ne constitue pas une renonciation à se prévaloir de cette résiliation (Cass. Civ. 04/07/2013, 12-21324), sauf si l'assuré peut apporter la preuve contraire.

3 - LA SANCTION DU DÉFAUT DE PAIEMENT DE PRIME EN ASSURANCE-VIE

À la différence d'autres assurances de personnes, telles que l'assurance individuelle d'accident, **l'assureur n'a pas d'action pour exiger les primes d'assurance-vie** (Art. L 132-20 C. Ass.). Toutefois, le défaut de paiement des primes d'assurance-vie peut entraîner la résiliation du contrat ou sa réduction.

L'assureur doit adresser au contractant une **lettre recommandée** par laquelle il l'informe qu'à l'expiration d'un délai de 40 jours, le défaut de paiement entraîne soit la résiliation du contrat en cas d'inexistence ou d'insuffisance de la valeur de rachat, soit la réduction du contrat. L'envoi de la **lettre recommandée est une formalité substantielle** (Cass. Civ. II, 25/10/2007, 06-18939).

Il s'agit d'une **résiliation automatique,** et il n'existe aucune période de suspension de garantie comme en assurance de dommages.

En ce qui concerne le **contrat de capitalisation**, la résiliation du contrat entraîne la mise à la disposition du porteur sa valeur de rachat.

Toutefois, cette règle ne s'applique pas aux assurances contre les accidents corporels ou aux assurances « mixtes » garantissant le risque décès et maladie, qui doivent respecter la procédure de L 113-3 du Code des assurances.

LA NOTION DE SINISTRE

1 - DÉFINITION DU SINISTRE

Le sinistre est constitué par la **réalisation du risque prévu** par la police d'assurance et entraînant la mise en jeu de la garantie. Il se décompose en un **fait générateur**, à l'origine du dommage, et un **préjudice**.

En **assurance de responsabilité**, constitue un sinistre tout **dommage** ou ensemble de dommages causés à des tiers, engageant la responsabilité de l'assuré, résultant d'un **fait dommageable** et ayant donné lieu à une ou plusieurs **réclamations** (Art. L 124-1-1 C. Ass.).

Le fait dommageable est celui qui constitue la cause génératrice du dommage. Un ensemble de faits dommageables ayant la même cause technique est assimilé à un fait dommageable unique.

Les sinistres dits « sériels » sont considérés comme un seul sinistre se rattachant à la même année d'assurance, lorsqu'ils font l'objet d'une clause de globalisation (Cass. Civ. II, 28/02/2013, 12-12813).

Le sinistre est un **fait juridique**, dont la preuve peut être rapportée par tout moyen et ne peut être limitée par le contrat (Cass. Civ. II, 10/03/2004, 03-10154).

2 - OBLIGATION LÉGALE DE DÉCLARATION DU SINISTRE

« L'assuré doit ***donner avis à l'assureur, dès qu'il en a eu connaissance****, et au plus tard dans le* ***délai fixé par le contrat****, de tout sinistre de nature à entraîner la garantie de l'assureur. Ce délai ne peut être inférieur à* ***cinq jours ouvrés*** *et peut être ramené à deux jours ouvrés en cas de vol et à 24 heures en cas de mortalité de bétail »* (Art. L 113-2, 4e, C. Ass.).

Il n'existe pas de délai en matière d'assurance-vie, mais celui-ci existe en matière d'assurance contre les accidents corporels. Mais attention à la prescription biennale !

3 - OBLIGATIONS CONVENTIONNELLES

Les obligations mises à la charge de l'assuré après la réalisation du sinistre doivent être expressément **mentionnées dans le contrat d'assurance** et acceptées librement entre les parties, telles que : prise de mesures de sauvetage et de limitation du sinistre, dépôt d'une plainte en cas de vol, autorisation d'examen médical de l'assuré en cas d'assurance contre les accidents corporels, conservation du recours de l'assureur, recours à un commissaire d'avarie en matière de transport…

4 - LA DÉCHÉANCE DE GARANTIE

La déchéance est la **perte du droit à la garantie** de l'assureur pour un sinistre donné, lorsqu'elle est prévue par le contrat d'assurance et au cas où l'assuré ne respecte pas ses obligations après le sinistre. La sanction de la déchéance n'est donc encourue que pour une **cause postérieure à la réalisation du sinistre**, et comme telle inopposable à la victime dont le droit est « *cristallisé* » à la date de celui-ci.

Les sanctions des déchéances n'ont aucun caractère automatique et doivent être **expressément prévues** par le contrat en **caractères très apparents** (Art. L 112-4 C. Ass. – Cass. Civ. II, 08/03/2016, 15-16890).

Toutes clauses frappant de déchéance l'assuré à raison de violation des lois ou règlements, ou du simple retard apporté par lui à la déclaration du sinistre aux autorités ou à des productions de pièces, sont nulles sans préjudice du droit pour l'assureur de réclamer une indemnité proportionnée aux dommages que ce retard lui a causé (Art. L 113-11 C. Ass.).

Depuis le 1er mai 1990 et conformément à une recommandation de la commission des clauses abusives rendue en matière d'assurance multirisques habitation, le **non-respect de la clause de délai de déclaration de sinistre** ne peut être sanctionné par la déchéance que si l'assureur rapporte la **preuve d'avoir subi un préjudice du fait du retard** (Cass. Civ. II, 4 juillet 2019, n° 18-18444).

Il revient à l'assureur d'établir la **mauvaise foi de l'assuré** pour pouvoir prétendre à l'application d'une clause prévoyant la déchéance de garantie en cas de fausse déclaration relative au sinistre (Cass. Civ. II, 05/07/2018, 17-20491 – Cass. Civ. II, 05/07/2018, 17-20488 – Art. L 113-2, 4e al., C. Ass.).

5 - OPPOSABILITÉ DE LA DÉCHÉANCE

La déchéance est non seulement opposable à **l'assuré souscripteur** lui-même, mais encore aux **bénéficiaires d'une stipulation pour autrui**, notamment en cas d'assurance pour compte.

En revanche, les clauses de déchéance, sanctionnant une faute commise par l'assuré postérieurement au sinistre, sont **inopposables aux victimes** exerçant l'action directe (Art. R 124-1 C. Ass.), et aux **créanciers hypothécaires** et privilégiés dans les assurances des choses, lesquels bénéficient également d'une action directe contre l'assureur (CJUE, 20/07/2017, C-287/16).

Toutefois, la sanction de la déchéance reste parfaitement applicable entre les parties au contrat, **l'assuré devant alors rembourser** ce que l'assureur a pu être contraint de verser indûment à une victime (Cass. Civ. II, 20/05/2020, 19-12239).

LE RÈGLEMENT DU SINISTRE

Conformément à l'article 1103 du Code civil et à l'article L 113-5 du Code des assurances, il appartient à l'assureur, débiteur de sa garantie, **d'exécuter en toute bonne foi**, et **dans les délais convenus**, **les obligations mises à sa charge par le contrat d'assurance**. Cette prestation peut consister au versement d'une **indemnité** en cas de dommage ou d'un **capital** en assurance-vie.

Mais l'assureur peut être débiteur **d'obligations de faire**, telles que pourvoir à ses frais à la défense pénale ou civile ou de son assuré après un sinistre (garantie défense recours, protection juridique…) ou effectuer une prestation en nature (assistance dépannage, rapatriement, gestion de crise, dépendance…).

1 - PREUVE DE L'OBLIGATION DE L'ASSUREUR

Conformément à l'article 1353, al. 1, du Code civil, c'est en principe **à l'assuré de rapporter la preuve que le contrat d'assurance garantit le risque qui s'est réalisé**, que les conditions de garantie sont réunies et du montant de son dommage.

Dès lors que le bénéficiaire de la garantie apporte cette preuve, **c'est à l'assureur qui entend se dégager de rapporter la preuve de sa libération**, en établissant l'existence d'une non-garantie, telle qu'une exclusion directe ou indirecte de risque (article 1353, al. 2, du Code civil).

La décision judiciaire condamnant l'assuré à raison de sa responsabilité constitue, pour l'assureur de responsabilité, la réalisation tant dans son principe que dans son étendue du risque couvert et lui est, dès lors, opposable, à moins de fraude à son encontre (Cass. Civ. I, 29/10/2014, 13-23506 – Cass. Civ. III, 18/02/2016, 14-29200), ce qui ne l'empêche pas de contester le principe même de sa garantie.

2 - L'EXPERTISE AMIABLE

La reconnaissance du sinistre, la détermination de l'obligation de l'assureur ou du montant des dommages, peut nécessiter le recours à un expert d'assurance. L'expertise peut même être imposée par le contrat dans certains risques, tels que celui d'incendie ou l'assurance « dommages-ouvrage », et l'expertise médicale est indispensable pour l'évaluation de dommages corporels. Cette désignation d'expert interrompt la prescription biennale (Art. R 114-1 C. Ass.).

De son côté, l'assuré peut confier la défense de ses intérêts à un « **expert d'assuré** », afin de mener contradictoirement avec l'expert missionné par l'assureur au règlement du sinistre. Il s'agit de professionnels indépendants, inscrits sur une liste professionnelle et astreints à une déontologie, dont l'intervention fait l'objet de conventions entre assureurs.

En cas de litige, le juge ne peut pas se fonder exclusivement sur une expertise réalisée à la demande de l'une des parties, sauf si elle a été menée contradictoirement (Cass. Mixte, 28/09/2012, 11-11381 – Cass. Civ. II, 14/12/2017, 16-24305).

De plus, afin de garantir le principe du contradictoire et hormis les cas où la loi en dispose autrement, le juge ne peut se fonder exclusivement sur une expertise non judiciaire réalisée à la demande de l'une des parties, peu important qu'elle l'ait été en présence de celles-ci (Cass. Civ. III, 14 mai 2020, 19-16278 et 19-16279).

3 - L'EXPERTISE JUDICIAIRE

L'article 145 du Code de procédure civile permet à toute personne justifiant d'un intérêt légitime de solliciter, avant tout procès, du juge des référés, l'organisation d'une **mesure d'instruction**, telle qu'une expertise judiciaire, notamment pour déterminer l'origine ou l'étendue d'un sinistre, ou pour en chiffrer le montant. Celle-ci sera surtout utilisée lorsque la responsabilité d'un tiers est susceptible d'être engagée du fait du sinistre, permettant à l'assureur d'envisager un recours subrogatoire à son encontre.

L'expert judiciaire doit mener ses opérations dans des conditions garantissant le respect du contradictoire, sous peine de nullité de son rapport. Si besoin est, il peut se faire assister d'un « sapiteur », qui est un autre expert choisi dans une discipline différente de la sienne. À la fin de sa mission, il dépose un rapport au greffe de la juridiction qui l'a désigné, mais le tribunal éventuellement saisi n'est pas lié par les conclusions du rapport déposé et peut avoir une appréciation différente (Art. 246 du CPC).

Selon l'article 2239 du Code civil, **la prescription biennale est suspendue lorsque le juge fait droit à une demande d'expertise judiciaire**, et ne recommence à courir qu'à compter du jour où la mesure a été exécutée, pour une durée qui ne peut être inférieure à 6 mois (Cass. Civ. II, 19/05/2016, 15-19792).

L'irrégularité d'opération d'expertise n'est pas sanctionnée par l'inopposabilité, mais par les règles régissant les **nullités des actes de procédures** (Cass. Mixte, 28/09/2012, 11-1870), et nécessite la preuve d'un grief.

FIXATION DE L'INDEMNITÉ

1 - ASSURANCES DE PERSONNES

Dans les assurances de personnes, la somme assurée peut être **forfaitaire** et fixée par avance dans le contrat : indemnités journalières, rente invalidité, capital décès…

Mais l'assureur peut être amené à verser des **prestations à caractère indemnitaire**, lorsqu'elles sont proportionnelles au préjudice effectivement subi par l'assuré, tel qu'une perte de rémunération pendant un arrêt de travail ou une perte d'emploi : Cass. Civ. II, 09/06/2016, 15-20632.

2 - ASSURANCES DE DOMMAGES

Le dommage peut être constitué par la **perte matérielle totale ou partielle de la chose assurée**, ou de **pertes financières** (dommages immatériels consécutifs ou non à un dommage matériel garanti [DINC]) : perte d'exploitation pendant la remise en route de l'entreprise, perte de loyers pendant la reconstruction de l'immeuble sinistré, gestion de crise et assistance (cyber risques), perte d'image, rupture de la supply chain…

*« L'assurance relative aux biens est un contrat d'indemnité : **l'indemnité due par l'assureur à l'assuré ne peut pas dépasser le montant de la chose assurée** au moment du sinistre »* (Art. L 121-1, al. 1, C. Ass.). Le **principe indemnitaire** d'ordre public s'oppose à ce qu'un assuré bénéficie d'un quelconque enrichissement ensuite de la réalisation d'un sinistre.

En cas de **sous-assurance**, si la valeur de la chose assurée excède au jour du sinistre la somme garantie, l'assuré est considéré comme restant son propre assureur pour l'excédent, et supporte une part proportionnelle du dommage, **sauf convention contraire** (Art. L 121-5 C. Ass.).

Application de la règle proportionnelle de capitaux :

$$\textbf{Indemnité} = \frac{\textbf{Montant du dommage} \times \textbf{valeur déclarée}}{\textbf{valeur assurable}}$$

C'est à l'assuré de rapporter la preuve de la valeur de la chose sinistrée et de l'étendue de son dommage, laquelle constitue le montant maximal de l'indemnité due par l'assureur. La TVA récupérable peut être déduite de l'indemnité due par l'assureur, si l'assuré la récupère effectivement.

Par ailleurs, conformément à l'article 1231-6 et 7 du Code civil, l'assureur peut être redevable **d'intérêts moratoires**, au taux légal, depuis le jour à compter duquel il a été mis en demeure de payer (Cass. Civ. II, 29/03/2012, 11-16046).

3 - PROCÉDURE D'OFFRE EN CAS D'ACCIDENT DE LA CIRCULATION

Les articles **L 211-9 et suivants du Code des assurances** imposent à l'assureur d'un véhicule impliqué de présenter une offre d'indemnisation aux victimes d'accident de la circulation, dans un délai de **3 mois**, ou, en cas de dommage à la personne, de **8 mois** de la consolidation ou du décès, ou de présenter des offres provisionnelles, sous peine de **doublement du taux d'intérêt légal**, lequel est automatique.

En cas de transaction, l'indemnité doit être versée dans le délai de **1 mois** à compter de l'expiration du délai de rétractation de 15 jours, sous peine de majoration des intérêts. En cas de condamnation résultant d'une décision de justice exécutoire, même par provision, le taux de l'intérêt peut être majoré de 50 %.

4 - PROCÉDURE DE RÉGLEMENT DU SINISTRE « DOMMAGES OUVRAGE »

L'article A 243-1 du Code des assurances prévoit des clauses types selon lesquelles l'assureur « dommage ouvrage » a un **délai de 60 jours** à compter de la réception de la déclaration de sinistre pour notifier à l'assuré sa décision quant au principe de la mise en jeu des garanties prévues au contrat.

L'assureur présente, dans un **délai maximal de 90 jours** à compter de la réception de la déclaration de sinistre, une offre d'indemnité, qui peut avoir un caractère provisionnel et destinée au paiement des travaux de réparation des dommages. Le règlement doit alors intervenir dans un délai de 15 jours après accord de l'assuré.

Lorsque l'assureur ne respecte pas les délais précités ou lorsqu'il formule une offre insuffisante, l'assuré peut, après l'avoir notifié à l'assureur, **engager les dépenses nécessaires** à la réparation des dommages dans la limite du rapport préliminaire, l'indemnité à la charge de l'assureur étant alors majorée de plein droit d'un intérêt égal au double du taux d'intérêt légal.

5 - EN MATIÈRE DE RESPONSABILITÉ MÉDICALE

L'assureur du responsable doit présenter une offre d'indemnisation à la victime dans le délai de 4 mois à compter de l'avis de la CCI (Art. 1142-14 du Code de la santé publique), sous peine de sanctions.

FICHE 28 LA LIMITATION LÉGALE DE L'INDEMNITÉ EN CAS D'ASSURANCES EXCESSIVES

1 - SURASSURANCE FRAUDULEUSE

Le **principe indemnitaire** de l'assurance de dommage s'oppose à ce qu'un sinistre soit une source d'enrichissement pour l'assuré. Lorsqu'un contrat d'assurance a été consenti pour une somme supérieure à la valeur de la chose assurée, s'il y a eu dol ou fraude de l'une des parties, faisant échec au principe indemnitaire, l'autre partie peut en demander la **nullité** et réclamer, en outre, des **dommages et intérêts** (Art. L 121-3 C. Ass.). Mais, il est possible de cumuler plusieurs contrats d'assurance-vie…

L'assureur peut alors conserver les primes à titre de dommages et intérêts et également exercer une action en répétition des indemnités antérieurement versées pour de précédents sinistres (Cass. Crim. 11 juillet 2017 n° 16-83.581 et n° 16-85.580).

2 - SURASSURANCE NON FRAUDULEUSE

Il arrive fréquemment que des biens assurés neufs diminuent progressivement de valeur par vétusté ou obsolescence (automobiles, ordinateurs…). S'il n'y a eu ni dol ni fraude, ou si l'assureur ne peut en rapporter la preuve, le contrat est valable, mais seulement jusqu'à concurrence de la **valeur réelle** des objets assurés (Art. L 121-3, al. 2, C. Ass.).

L'assureur conserve donc les primes échues et la prime en cours à son taux initial, mais la **prime sera réduite pour l'avenir**.

3 - ASSURANCES CUMULATIVES

En matière d'assurance de dommages, il y a **« cumul » d'assurances** – au sens de l'article L 121-4 du Code des assurances – lorsque plusieurs assureurs couvrent l'intégralité d'un même risque si un **même souscripteur** a souscrit auprès de **plusieurs assureurs** des contrats d'assurance pour un **même intérêt** et pour un **même risque** (Cass. Civ. I, 21/11/2000, n° 98-11.891 – Cass. Civ. I, 29/10/2002, 99-16749 – Cass. Civ. II, 21/11/2013, 12-14714).

Quand plusieurs assurances contre un même risque sont contractées de manière **dolosive ou frauduleuse**, les sanctions prévues à l'article L 121-3, premier alinéa, sont applicables : **nullité et dommages et intérêts**.

Quand elles sont contractées **sans fraude**, chacune d'elles produit ses effets dans les limites des garanties du contrat et dans le respect du principe indemnitaire, quelle que soit la date à laquelle l'assurance aura été souscrite. Le bénéficiaire du contrat peut s'adresser à **l'assureur de son choix**.

Dans les rapports entre assureurs, la **contribution** de chacun d'eux est déterminée en proportion de leurs engagements respectifs.

À défaut de cumul, et conformément à l'article 1317 du Code civil, le codébiteur d'une obligation solidaire qu'il a payée en entier, au-delà de sa part, dispose d'un recours contre les autres assureurs à proportion de leur propre part.

La loi Hamon prévoit une information particulière de l'assuré en cas d'assurances affinitaires, c'est-à-dire accessoire à un produit, l'invitant à vérifier qu'il n'est pas déjà bénéficiaire d'une garantie couvrant l'un des risques garantis par le nouveau contrat (Art. L 112-10 et L 112-1 du C. Ass.).

4 - CLAUSES DE SUBSIDIARITÉ

En vertu du principe de d'ordre public de l'article L 121-4, **les clauses de subsidiarité sont réputées non écrites** et l'assuré peut s'adresser à l'assureur de son choix (Cass. Civ. II, 09/07/2009, 07-21855 et 07-22071). Mais les polices qui portent sur des intérêts et des risques assurés différents (Cass. Civ. I, 09/04/2002, 00-21014) ne sont pas cumulatives, notamment lorsqu'a été souscrite, pour le compte d'une société filiale, une assurance de second rang (*deuxième ligne*) venant en complément et après épuisement des garanties et franchises des polices souscrites par cette même société pour son propre compte (Cass. Civ. III, 15/03/2006, 04-20228).

5 - GARANTIES D'ASSURANCES SUCCESSIVES EN ASSURANCES DE RESPONSABILITÉ

« Lorsqu'un même sinistre de responsabilité civile est susceptible de mettre en jeu les garanties apportées par plusieurs contrats successifs, la garantie déclenchée par le fait dommageable ayant pris effet postérieurement à la prise d'effet de la loi n° 2003-706 du 1er août 2003 de sécurité financière est appelée en priorité, sans qu'il soit fait application des règles en matière d'assurance cumulative » (Art. L 124-5 C. Ass.).

En revanche, si ce sinistre est survenu antérieurement, la clause « base réclamation » est inapplicable et c'est donc l'assureur en risque au moment du « fait générateur » de régler le sinistre (Cass. Civ. II, 25/06/2009, 08-14060).

Lorsqu'un même sinistre est susceptible de mettre en jeu la garantie de plusieurs contrats successifs, il est couvert en priorité par le contrat en vigueur au moment de la première réclamation.

LA SUBROGATION DE L'ASSUREUR

1 - SUBROGATION LÉGALE DE L'ARTICLE L 121-12 DU CODE DES ASSURANCES

Découlant du **principe indemnitaire**, l'article L 121-12 du Code des assurances accorde automatiquement à l'assureur une **subrogation légale dans les droits de l'assuré, du seul fait du paiement de l'indemnité**. Celle-ci permet à ce seul assureur d'exercer un recours contre l'éventuel auteur du dommage à concurrence de l'indemnité versée, ce qui jouera un rôle dans la détermination de la prime. L'assureur devra cependant justifier de son obligation à paiement, en produisant sa police (Cass. Civ. I, 23/09/2003, 01-13924 – Cass. Civ. II, 10/12/2015, 14-27202). À défaut, il ne pourra se prévaloir que de la subrogation conventionnelle (Cass. Civ. II, 12/06/2014, 13-20064), si celle-ci lui a été consentie.

Dans **l'assurance de personnes**, l'assureur, après paiement de la somme assurée, ne peut être subrogé aux droits du contractant ou du bénéficiaire contre des tiers à raison du sinistre, sauf si la prestation versée a un caractère indemnitaire (Art. L 131-2 C. Ass.).

L'assureur peut être déchargé, en tout ou partie, de son obligation de garantie à l'égard de l'assuré, quand la subrogation ne peut plus, par le fait de l'assuré, s'opérer en faveur de l'assureur (Art. L 121-12, al. 2, C. Ass. – Cass. Civ. III, 28/02/2018, 17-10010).

Enfin, il résulte de l'article 1346-3 du Code civil qu'en cas de **concours** entre l'assureur subrogé et l'assuré subrogeant, ce dernier prime sur le premier (Cass. Civ. I, 27/02/2007, 04-12414 ; Cass. Civ. II, 24/09/2009, 08-14515).

2 - IMMUNITÉ DE CERTAINES PERSONNES

L'assureur n'a aucun recours contre les enfants, descendants, ascendants en ligne directe, préposés, employés, ouvriers ou domestiques, et généralement toute personne vivant habituellement au foyer de l'assuré, sauf dans le cas de malveillance commise par une de ces personnes (Art. L 121-12, al. 2, C. Ass.). Il s'agit d'une disposition d'ordre public, qui semble applicable également à la subrogation conventionnelle.

Cette immunité est personnelle, ne bénéficie qu'aux personnes visées par le texte et ne fait pas obstacle à l'exercice par l'assureur, qui a indemnisé la victime, de son recours subrogatoire contre l'assureur de responsabilité de l'une de ces personnes (Cass. Civ. I, 12/07/2007, 06-12624). Il existe également de nombreuses conventions de renonciation à recours entre assureurs, lesquelles n'ont d'effet qu'entre eux (Cass. Civ. III, 11/03/2014, 12-35334 et 13-10992) et non à l'égard de la victime.

3 - SUBROGATION DE DROIT COMMUN

L'assureur peut également bénéficier de la **subrogation de plein droit** dans les droits de la personne qu'il indemnise, qui lui est reconnue par l'**article 1346 du Code civil**, lorsqu'il était tenu par son contrat, avec d'autres, ou pour le compte d'autres, de désintéresser son assuré ou une victime.

L'assureur a le choix enfin de se faire **subroger conventionnellement** dans les droits de l'assuré ou du tiers victime qu'il désintéresse, sur le fondement de **l'article 1346-1** du Code civil (Cass. Civ. II, 17/11/2016, 15-25409).

Les conditions prévues par l'article 1346-1 du Code civil doivent être remplies, à savoir une **subrogation expresse** faite **en même temps que le paiement**, au moyen d'une quittance subrogative (Cass. Civ. II, 08/02/2018, 16-28398).

Toutefois, la **condition de concomitance** de la subrogation au paiement exigée par l'article 1346-1, al. 3, du Code civil existe lorsque le subrogeant a manifesté expressément, fût-ce dans un document antérieur, sa volonté de subroger son cocontractant dans ses créances à l'instant même du paiement (Cass. Com., 03/03/1992, 90-17249).

En revanche, après le paiement, la subrogation est impossible en raison de l'effet extinctif de celui-ci, la condition de concomitance ne pouvant plus être remplie (Cass. Civ. I, 28/05/2008, 07-13437).

Cette **subrogation conventionnelle n'a donc pas de caractère automatique** et dépend de l'accord de la victime indemnisée, laquelle n'est pas obligée de la consentir. Mais l'assureur ne sera alors privé de subrogation que si son paiement est fait au-delà des obligations mises à sa charge par son contrat d'assurances, soit par erreur, soit à titre commercial.

4 - EFFETS DE LA SUBROGATION

La subrogation transmet à l'assureur tous les droits et actions de la personne indemnisée à concurrence du montant de l'indemnité versée. Il peut se voir opposer toutes les exceptions opposables à cette dernière (Cass. Civ. II, 8 juin 2017, 15-20550 15-24827).

En l'absence de subrogation régulière, l'assureur qui a indemnisé le sinistre, sans être tenu de l'acquitter, peut intenter un recours contre le responsable sur le fondement de l'enrichissement sans cause. Mais l'assureur qui indemnise une victime par erreur ne peut répéter l'indu que contre son assuré (Cass. Civ. I, 02/07/2014, 13-19450).

LE CONTENTIEUX DU CONTRAT D'ASSURANCE

1 - COMPÉTENCES D'ATTRIBUTION ET TERRITORIALE

La **compétence d'attribution** est celle de droit commun, résultant du Code de l'organisation judiciaire. Elle peut être administrative en cas de marché public.

La **compétence territoriale** est régie par l'article R 114-1 du Code des assurances, selon lequel, dans toutes les instances relatives à la fixation et au règlement des indemnités dues, le défendeur est assigné devant le **tribunal du domicile de l'assuré**, de quelque espèce d'assurance qu'il s'agisse, sauf en matière d'immeubles ou de meubles par nature, auquel cas le défendeur est assigné devant le tribunal de la situation des objets assurés.

Toutefois, s'il s'agit d'assurances contre les accidents de toute nature, l'assuré peut assigner l'assureur devant le **tribunal du lieu où s'est produit le fait dommageable**.

Mais **la victime dispose également d'un choix** avec les règles des articles 42 et 46 du Code de procédure civile (juridiction du domicile de l'un des défendeurs, du lieu du fait dommageable ou du ressort dans lequel le dommage a été subi) et celle de l'article R 114-1 (domicile de l'assuré) pour exercer son action directe contre l'assureur (Cass. Civ. II, 16/07/2020, 19-18795).

2 - COMPÉTENCE LIMITÉE DES JURIDICTIONS PÉNALES

En cas de constitution de partie civile, les assureurs ont la possibilité d'intervenir ou d'être mis en cause, même pour la première fois en appel, devant la juridiction pénale lorsque l'assuré est poursuivi pour une infraction d'homicide ou de blessures involontaires, pour que la décision **leur soit opposable** (Art. 388-1 du Code de procédure pénale). **10 jours au moins avant l'audience**, la mise en cause de l'assureur est faite par toute partie qui y a intérêt au moyen d'un acte d'huissier ou d'une lettre recommandée, avec demande d'avis de réception (Art. 388-2 du CPP).

L'exception fondée sur une clause de nullité ou sur une clause du contrat d'assurance et tendant à mettre l'assureur hors de cause est, à peine de forclusion, présentée par celui-ci **avant toute défense au fond**, et n'est recevable que **si elle est de nature à exonérer totalement l'assureur de son obligation de garantie à l'égard des tiers** (Art. 385-1 du CPP – Cass. Crim., 11/06/2014, 13-83847).

Cette exception peut être soulevée devant la Cour où l'assureur intervient pour la première fois (Cass. Crim., 24/06/2014, 13-83126).

Le juge pénal doit se prononcer sur l'exception dès lors que le juge civil ne s'est pas définitivement prononcé (Cass. Civ., 25/10/2016, 15-86713).

3 - LA MÉDIATION DE L'ASSURANCE

La Médiation de l'Assurance (www.mediation-assurance.org), désormais soumise aux règles de la Médiation de la Consommation, permet à tout consommateur de tenter de régler amiablement ses litiges avec son assureur (Art. L 611-1 à L 614-5 C. Conso.).

4 - COMPÉTENCE DES JURIDICTIONS ADMINISTRATIVES EN MATIÈRE DE MARCHÉ PUBLIC

Le contentieux relatif aux contrats d'assurance conclus à la suite d'une procédure de passation de marché public relève de la compétence des juridictions administratives, lesquelles doivent appliquer le Code des assurances, dans la mesure où ce dernier est d'origine législative, contrairement au Code des marchés publics, d'origine réglementaire (Cass. Civ. I, 23/01/2007, 04-18630 et 05-14959 – Cass. Civ. I, 24/10/2018, 17-31306).

5 - LA PRESCRIPTION BIENNALE

Selon l'article L 114-1 du Code des assurances, toute action dérivant d'un contrat d'assurance est prescrite par **2 ans à compter de l'événement qui y donne naissance**.
La prescription est portée à **10 ans dans les contrats d'assurance sur la vie**, lorsque le bénéficiaire est une **personne distincte du souscripteur** et, dans les contrats d'assurance contre les accidents atteignant les personnes, lorsque les bénéficiaires sont les ayants droit de l'assuré décédé.
Toutefois, ce délai ne court, en cas de réticence, omission, déclaration fausse ou inexacte sur le risque couru, que du **jour où l'assureur en a eu connaissance** et, en cas de sinistre, que du **jour où les intéressés en ont eu connaissance**, s'ils prouvent qu'ils l'ont ignoré jusque-là, ou du refus de garantie de l'assureur (Cass. Civ. II, 18/05/2017, 16-17754).
Quand l'action de l'assuré contre l'assureur a pour cause le recours d'un tiers (assurance de responsabilité), le délai de la prescription ne court que du jour où ce **tiers a exercé une action en justice contre l'assuré** (Cass. Civ. II, 23/05/2019, 18-16528) ou a été indemnisé par ce dernier. L'assignation en référé expertise constitue une action en justice.

La prescription est interrompue par une des **causes ordinaires d'interruption de la prescription** et également par la **désignation d'experts** à la suite d'un sinistre ou **l'envoi d'une lettre recommandée avec accusé de réception** (Art. L 114-2 du C. Ass.). L'interruption fait courir un nouveau délai de 2 ans.

La prescription est suspendue à compter du jour où, après la survenance d'un litige, les parties conviennent de recouvrir à un mode de résolution amiable : Médiation-Conciliation (Art. 2238 C. civil) ou au Médiateur de l'assurance.

En raison de son autonomie, **l'action directe de la victime n'est pas soumise à la prescription biennale**, mais peut être exercée tant que l'assureur est exposé au recours de son assuré (Cass. Civ. II, 10/02/2011, 10-14148 et 10-14581).

Elle doit être intentée dans le délai de prescription de l'action de la victime contre l'assuré responsable et ne peut être intentée, au-delà, que dans le délai de 2 ans de l'assignation délivrée à ce dernier (Cass. Civ. III, 12/04/2018, 17-14858).

L'assureur peut **renoncer à la prescription acquise** en raison d'actions non équivoques, telles que le règlement partiel effectué en connaissance de cause par l'assureur. Mais le simple refus de garantie de l'assureur ne peut être considéré comme une renonciation à soulever la prescription. Il engage sa responsabilité à l'égard de son assuré, en cas de faute commise dans la gestion d'un sinistre de nature à laisser expirer le délai de prescription. Quand l'assuré bénéficie de l'assistance d'un courtier, celui-ci engage également sa responsabilité lorsqu'il ne conseille pas à son client d'interrompre la prescription en temps utile.

La prescription biennale est écartée pour les actions en répétition de l'indu (Cass. Civ. II, 04/07/2013, 12-17427).

Sous peine d'inopposabilité à l'assuré, l'article R 112-1 du Code des assurances oblige l'assureur à rappeler dans le contrat non seulement l'existence de la prescription, mais encore son point de départ et les moyens de l'interrompre, ainsi qu'à reproduire *in extenso* les articles L 114-1 et L 114-2 du même Code (Cass. Civ. II, 22/10/2015, 14-21909 – Cass. Civ. II, 18/04/2013, 12-19519 – Cass. Civ. III, 16/11/2011, 10-25246).

À défaut, il y a imprescriptibilité (Cass. Civ. III, 21/03/2019, 17-28021).

À noter : l'exercice d'une action de groupe contre un assureur suspend la prescription biennale des actions individuelles à raison des manquements qui en font l'objet (Art. L 423-6 du Code de la consommation).

L'envoi d'une LRAR par l'assureur à l'assuré ne peut interrompre la prescription biennale qu'en ce qui concerne le **paiement des primes** (Cass. Civ. II, 08/06/2017,16-19161).

Achevé d´imprimer en Espagne par Grafo à Basauri
Dépôt légal: Janvier 2021 - Édition 01 - 17/7075/7